CB035735

a voz submersa

Salim Miguel

a voz submersa

romance

E D I T O R A   R E C O R D
RIO DE JANEIRO • SÃO PAULO

2007

CIP-Brasil. Catalogação-na-fonte
Sindicato Nacional dos Editores de Livros, RJ.

Miguel, Salim, 1924-
M577v A voz submersa / Salim Miguel. – 2ª ed. –
2ª ed. Rio de Janeiro: Record, 2007.

ISBN: 978-85-01-07579-6

1. Romance brasileiro. I. Título.

CDD – 869.93
06-4565 CDU – 821.134.3(81)-3

2ª edição (1ª edição Record)

Capa: EG Design / Evelyn Grumach

Impresso no Brasil

ISBN 978-85-01-07579-6

PEDIDOS PELO REEMBOLSO POSTAL
Caixa Postal 23.052
Rio de Janeiro, RJ – 20922-970

Não a abandonei, mas como romancista, perdi-a. Fico, porém, quantas vezes pensando nessa pobre alma tão fraca e miserável quanto a minha. Tremo: que será dela, no inevitável balanço da vida, se não descer do céu uma luz que ilumine o outro lado das suas vaidades?

Marques Rebêlo — **A estrela sobe**

para:
Adolfo Boos Jr.
Antonio Hohlfeldt
Fausto Cunha
Flávio José Cardozo
Hélio Pólvora
Laura e Cícero Sandroni
Marcos Farias
Mário Pontes
Silveira de Souza
e
Eglê, de novo, naturalmente

SUMÁRIO

APRESENTAÇÃO

A VOZ SUBMERSA *é, antes de tudo, um romance que faz a radiografia da sociedade brasileira a partir de 1968 — particularmente da classe média em ascensão — recriando episódios que ainda hoje estão vivos em nossa memória e que (alguns) não perderam de modo algum a sua atualidade: a repressão, configurada pela morte do estudante no Calabouço, e que é o elemento detonador da história; o enriquecimento ilícito de uns, sacralizado pelo mundo oficial; as negociatas, o jogo perigoso da Bolsa de Valores, os lucros escandalosos, a ganância irrefreável. Tudo isto ao mesmo tempo em que cria como que o lado espetacular da história, provoca o drama da solidão individual e coletiva, dos desencontros, das angústias e insatisfações; enfim, viabiliza a vida pequena e pobre — porque vazia de sentido — das personagens que povoam o mundo romanesco. Mas, curiosamente, é esta mesma "vida pequena" que constitui um dos pontos altos do romance: a mineralização da sensibilidade, o amesquinhamento e até a petrificação das relações humanas, a tragicidade do ser-não-sendo, a sensação caótica do estar-não-estando no mundo, conferem ao romance de Salim Miguel um indiscutível grau de densidade.*

Romance da decadência? Talvez, sob um certo aspecto, se pensarmos que Dulce, a personagem central, é tida como "compulsiva", "doente mental" e/ou "maníaca/depressiva"; de qualquer forma, é um ser extremamente angustiado que pressente outros valores, vagamente e de forma nebulosa, mesmo em um mundo degradado. E seu verbo repetitivo, caótico, representa o próprio discurso da decadência. Além disso, o ritmo ofegante do seu discurso eleva a um grau paroxístico as inquietações, perplexidades e angústias da personagem.

Entretanto, é bom advertir o leitor: A voz submersa não é uma leitura fácil, digerível, construída através da justaposição de acontecimentos. E ainda mais: neste romance não acontece literalmente, factualmente nada (em termos do seu presente narrativo) a não ser a morte do estudante no Calabouço: tudo mais vai sendo filtrado — particularmente na primeira parte da narrativa — através da mente fantasiosa e conturbada de Dulce, cuja figura avulta, tentando traduzir, exasperadamente, a sua voz submersa.

E temos aí a fusão e a confusão do real e do imaginário, de tal modo que nem mesmo Dulce sabe discernir entre o acontecido e o imaginado. Esta ambigüidade constante em toda a fala de Dulce é acentuada pela oscilação e até mesmo pela simultaneidade entre presente × passado, entre o que é × o que foi; por uma espécie de acoplamento entre dois espaços visceralmente distintos — o Rio de Janeiro e a então província de Florianópolis; e, sobretudo, através do monólogo (com pretensão dialogizante) que procura, inutilmente, uma explicação para o caos que se instaurou em sua vida.

O autor, absolutamente distanciado, transfere o discurso, na primeira parte, para a sua personagem, narradora ad hoc. E atra-

vés da fala de Dulce vão se configurando as demais personagens: Sílvio, as cunhadas, os filhos, a mãe, o sogro etc. etc., bem como os fatos socioeconômicos e políticos do país em 68.

Na segunda parte, Arremates, *ocorre uma certa aproximação do narrador com o mundo narrado, como que tentando pôr ordem nas coisas. Mas ainda aí, a fala do narrador/autor aparece entremeada com a fala das personagens: os depoimentos das cunhadas, o monólogo de Sílvio, o "diálogo" dos meninos. Entretanto, mesmo quando o autor assume o discurso, sua fala carrega fortemente a fala das personagens; e às vezes as falas narrador/personagem interpenetram-se de tal forma que é quase impossível distinguir uma da outra (observem-se os subcapítulos:* A perseguição, A família dele, Na Ilha-O-bom-do-papai).

Na terceira parte, causando um certo estranhamento, o autor intervém explicitamente na narrativa, não apenas porque assume o seu discurso, mas acima de tudo porque põe a nu o seu envolvimento afetivo com a personagem:

"Temo por ti. Como reagirás diante do que virá? Não sei...

..."Temo por ti, que não podes — ou queres — te ajudar...

..."Tenho que deixar-te neste março de 1968, neste março do assassinato do estudante...

"Mas, se te deixo, não te abandono."

Mas também ele não consegue decifrar o enigma da vida de Dulce. E monologa, em tom grave, quase patético, embora seu interlocutor seja a personagem central.

A voz submersa *vai exigir do leitor um trabalho de extrema acuidade, para penetrar nos meandros sutis da narrativa de Salim Miguel. Ela, a voz, jaz submersa...Mas, certamente, incomoda a todos nós.*

Por tudo isto, este romance de Salim Miguel que envolve visceralmente o leitor página por página, que obriga a pensá-lo a si mesmo e também a pensar o mundo é, no mínimo, estimulante, excitante...

Florianópolis, março/1984.

EDDA ARZÚA FERREIRA
Professora Doutora de Literatura da UFSC

Estática, observa a multidão que se aproxima.
São quantos? Não sabe.
Centenas, milhares, milhões.
Agitando bandeiras. Protestando. Gritando.
De repente se vê envolvida, engolfada, arrastada.
Lá no meio, a custo percebe um corpo.
Imóvel. Sendo carregado.
E os gritos: assassinos, assassinos.
E a palavra de ordem: é proibido proibir.
As vozes repercutem-lhe nos ouvidos. Verrumando.
O que foi — pergunta.
Mataram um moço — alguém informa — ali no Calabouço.
Quem era — volta ela.
Estudante — outro acrescenta — se dirigem pra Cinelândia.
Os gritos se intensificam: assassinos, assassinos.
Intimidada, ela quer escapar. Inútil.
Forceja. Braceja.
Teme nem bem sabe o quê.
Preciso ir pra casa; mamãe — se vê repetindo.
Desnorteada.
Vira-se de um lado para outro.
Mamãe. Eu...

Mas os gritos, as vozes, lhe cindem o pensamento.
É uma explosão coletiva de protesto.
A maré humana ondula, vai e vem, se espraia.
Com crescente horror observa lá na frente a manifestação.
Mais gente se incorpora à passeata.
Surgem de todos os cantos. São de todas as idades.
Quer fugir. Fu-gir.
A cabeça lateja.
Agora a náusea. Ela oscila. Geme.
Tontura. Os olhos embaçados.
Se transporta para outros tempos. Outra cidade.
Medo. Angústia. Pânico.
Os homens a cavalo. Armas embaladas.
Cascos retinindo no calçamento.
Noitinha. O vento sul fustiga.
Cascos retinindo.
Atacam.
Com o pai, ela-menina tenta se refugiar na loja.
A correria.
Mas a porta de aço se fecha. Os cavalos investem.
Corre, filhinha. Corre — a voz do pai.
Ela corre.
Os cavalos sobre o pai que a protege.
Depois, mais nada.
Balbúrdia. Vozes. Gritos.
A Cinelândia regurgita.
O corpo do estudante é colocado nas escadarias da Câmara
Só mais tarde lhe saberia o nome: Edson Luís.
Agora braceja por se livrar.
Começam os discursos. Os gritos de repúdio.

Assassinos. Assassinos.
Mataram um estudante.
Amanhã serão outros.
Precisamos reagir.
Ela vai se esgueirando.
As vozes a perseguem. Os gritos.
Corre-fugindo.
A cabeça lateja.
A caminhada é longa. Interminável.
Arfa. Pára.
Toma fôlego.
A noite a envolve.
Luzes.
Os sons se diluem.
Acena para um táxi.
Rua Paissandu — diz.
E se recosta no banco.
Fecha os olhos.
Mamãe. Mamãe — suspira.
Horrível: o corpo, os gritos.
Mamãe.

I

TUMENTENDES

corria, corres, corre: a fuga — vermelhoverdealaranjado, preto, verdevermelhoalaranjado, preto, alaranjadoverdevermelho, preto, azul, preto, acinzentado, azul, pretoazulado, pisca-piscas, preto, luminosos, fixos, cambiantes, preto, azul, preto, azulvermelhoalaranjadoverdepreto, fundindo-se, sumindo, ressurgindo, avançando, recuando, parando, continuando, adelgaçando-se, compactando-se, refundindo-se, avançando, recuando, avançando — na escuridão rasgada por faróis de carros inventando novas tonalidades, no rumor indistinto e permanente expulsando o silêncio, envolvendo a cidade num abraço, subindo pelas ruas, perdendo-se no alto dos edifícios, elevando-se para o céu sem estrelas, sumindo em becos e ruelas na noite interminável — prossegue pela avenida Rio Branco, perde-se no Aterro, chega a Botafogo, de repente não é nada disso, está na avenida Atlântica, o vento embatendo-se no corpo nu, fustigando-o, mordiscando o bico dos seios, forçando o ventre, fendendo as coxas, penetrando pelo sexo, desmanchando os cabelos preto-louros, verde-vermelhos, azul-alaranjados, claro-escuros, corre-fugia, o mar, o mar entranhando-se na areia, posse silenciosa e incansável, os cavalos rugindo, as vozes, as vozes açulando-a, sente medo, mas gosta, arrepios, sensação de braços envolvendo-a, esmagando-a, de algo rasgando-a ao meio, sexocarícia, odor de maresperma, pés afundando no asfalto pegajoso e quente, na areia úmida e áspera, a água que a envolve, as luzes que a perseguem, as cores, mutantes, escuro, claro, claro-escuro, nua, suor escorrendo, grudando-se à pele, escorrendo, correndo, arfante, tonta, ar, entontecida, sem fôlego, cai, exausta, geme, dor, gozo, ergue-se, cai, mãos grudadas nodo, manter-se assim, mantê-la assim, tenta firmar-se, erguer-se, quer-não-quer firmar-se-erguer-se, lambuzada, nua e lambuzada, os ruídos dos carros, distantes, próximos, as luzes que vão e que vêm, que a atravessam, o marulho das ondas, o marulho das vozes, os gritos assassinos, assassinos, o grito, corre filhinha, não é mais a Rio Branco, não é mais Copacabana, reconhece Florianópolis, o centro, o calçamento irregular, a porta da loja se fechando, mas a loja é no mercado público, noite ainda, noite sempre, final de feira, restos de movimento, sujeira e lixo, catadores de sobras, varredores, retardatários que vêm às compras, pobres que catam nos montículos de verduras, legumes, frutas, gêneros, cheiro adocicado e enjoativo de peixe que começa a se deteriorar, louça de barro formando pilhas à beira do cais, carregadores, mulheres, risos, fragmentos de frases que se entrecruzam e perdem, a conversa com "seu" Doca que tem aquela banca de bugigangas bem na ponta do mercado, ao lado da Alfândega velha, ela-mocinha sentada num caixote de sabão Wetzel-Joinville, pernas nuas, recebendo o sopro da aragem que vem do mar, nua, um friozinho gostoso penetrando-a, deitada nua, penetrando-a, começando a lhe tomar todo o corpo informe, a envolvê-lo, balança-se pernilonga, ri, fala, gargalha e soluça estirada e nua em plena avenida, quer-não-quer erguer-se, continuar correndo, precisa correr-fugir, lassidão, remexe no que lhe está próximo, apanha uma bruxa de pano, ri, "seu" Doca também ri, coça a barba, "seu" Doca ou o pai, ou Sylvio, não-não, o sogro, Sylvio, ela, os dois sós, ambos sós no mundo, no mercado, o silêncio, compacto, ilhando-os, a sombra que diz qualquer coisa ininteligível, o som se perde no marulhar, nos poucos carros que passam na rua, rua velha de casario desirmanado e colonial, a noite que se vai aprofundando, as fachadas das casas comerciais, tudo tão distante e tão próximo, os luminosos, preto, alaranjadovermelhoverde, preto, verdevermelhoalaranjado, preto, vermelhoverdealaranjado, preto, pretopreto, pretopreto, o escuro que envolve a cidade, uma lancha cruza a baía deixando um rastro luminoso na escuridão, a ponte debruçada sobre as duas margens querendo uni-las, de novo o silêncio e o negror que se vão adensando, os gritos assassinoassassino, "seu" Doca se achega mais, quer lhe segredar o quê, não percebe, inocente sente as mãos grudentas subindo-lhe pelas coxas, o asfalto quente, grudento, pegajoso, lambuzando-a, ela nua, o rosto barbudo procurando o seu, o hálito quente, o calor na praça, os gritos, beiços em sua pele macia, recua, nauseada, sem compreender, quer-erguer-se-não-quer, grita, corre-foge, sozinha e nua no meio da avenida, das avenidas, perdida na banca de "seu" Doca no mercado e asfalto, "seu" Doca que sendo-não-é "seu" Doca, não, não "seu" Doca, "seu" Doca não, não, "SEU" DOCA NÃO, o grito se perde entre o burburinho, o ruído dos carros, o freiar e as buzinas, as vozes indistintas, os gritos, as risadas, os apupos, as luzes, corre-correndo, foge-fugindo, refugiar-se aonde, o vento, o cheiro a maresia e esperma, o asfalto quente, o corpo quente ainda, estirado nas escadarias da Câmara, a Cinelândia, a multidão, agonia, as ondas subindo, sensação indefinida, gozo-dor, medo também, curiosidade e insatisfação, suor escorrendo, correndo, infiltrando-se nela, arrepios, confusão de sentimentos, as mãos peludas de "seu" Doca, os abraços do pai, os olhos do sogro, o colo do Sylvio, as várias ela, o tempo que não é, as numerosas ela que se entrechocam, se repelem e atraem, procuram se fundir e completar, na avenida, no mercado, na Cinelândia, no Rio múltiplo e na Florianópolis una, "seu" Doca, o estudante morto, seu pai, o amigo do pai de Biguaçu, o sogro, Sylvio, figuras se fundem e confundem, as cunhadas, o primeiro patrão no Rio, o primo-não-primo, dela ou da mãe, as aulas em Florianópolis, as aulas no Rio, as aulas na rua, as aulas na noite, revolve-se, revolve-se, inquieta, inquieta, inquieta —

mamãe, foi horrível mamãe, um horror, nem te conto, escuta, tumentendes, tens um tempinho tens, me desespero, como explicar, como compreender, as vozes, os gritos, o corpo estirado na escadaria, eu querendo escapar, depois em casa, como dormir, e o pesadelo, aquelas cores me envolvendo, os cavalos me pisoteando, as mãos peludas e quentes de "seu" Doca me procurando por tudo, me apalpando, me buscando, quentes como asfalto, eu nua na avenida, eu nua nas avenidas, eu nua no mercado, eu nua e exposta no mundo, eumenina, eumoça, eu ontem e eu hoje, as luzes atravessando meu corpo, colorindo-o, cobrindo-o, olhos sem conta varando meu corpo, desvendando-o por fora e por dentro, o rosto barbudo de "seu" Doca se aproximando do meu, os cavalos se aproximando de mim, o mar me invadindo, mamãe, tumentendes não é, eu queria acordar e não podia, não me lembro de outro pesadelo assim horrível, ou não, nem sei mais, sei sim, sim, uma insatisfação, uma inquietude se repetindo, é, se repetindo, uma constante, se avolumando, se ampliando até explodir um dia, tem que explodir, mas não, igual a este não, não com tanta intensidade, nem com tanta precisão, provocado por que, pela cena que eu presenciei lá na Cinelândia, será, eu estava vivendo tudo aquilo mas eu também via tudo, aquilo de fora, como se estivesse acontecendo com outra pessoa, me transportava da Cinelândia pra avenida Atlântica, eu gozava então, e sofria, ouve, escuta só, mentende, queria acordar e não podia, ou não queria acordar, tuentendes, não queria acordar porque a morte do estudante era verdadeira, e o resto não?, nem sei, queria me acordar, queria, sabia que precisava acordar logo-logo, ou acordar e acordar o Sylvio, não dava não, vê se mentendes, por favor, mamãe, te esforça, parecia-me que eu querendo não queria, querendo, como explicar, não dá, não dava, no sono-sonho-pesadelo que não era bem isto porque eu tinha consciência da necessidade de acordar, no sono-sonho, então, enquanto eu corria e fugia nua no meio da avenida de asfalto das mãos gosmentas de "seu" Doca e dos olhares de minhas cunhadas que se multiplicavam na Cinelândia, tentava me recordar do que me aconselhara o médico, não conseguia, não podia não, sabia o que era mas não me lembrava do que era, e quanto mais eu corria mais a avenida se alargava e alongava, mais os braços de "seu" Doca pareciam de borracha, me perseguindo sem nunca me alcançarem, me acompanhando, me invadindo, mas quando eu me afastava muito era como se me faltasse alguma coisa de essencial, tumentendes, hein, eu esperava por eles mas não os queria, correndo eu esperava, eu fugia mas esperava, ansiosa, arfando na avenida-mercado onde agora eu reconhecia distinguindo algumas pessoas, as irmãs do Sylvio, as três, todas três juntas, iguais, me apontando um só dedo sujo e longo como a mente delas, chamando a atenção dos outros, depois reconhecia as primas, a Nelinha muito bem, a mãe do Sylvio, amigos esquecidos da infância lá de Florianópolis, a mãe da Nelinha, o doutor, os doutores todos, aquele meu colega da primeira escola aqui no Rio, o papai, o amigo dele lá de Biguaçu, companheiros do emprego dos tempos de banco, meu sogro, de repente tudo era borrado pelas patas dos cavalos, pela maresia, pelos gritos na Cinelândia, pelas bombas, pela correria, e só tu não aparecias no meu sonho, só tu, e eu precisava tanto de ti, precisava, preciso, porque fazes isso comigo, me largas, me abandonas, eu pensava isto e não parava de correr, de fugir —

só na avenida agora vazia, só no mercado vazio com "seu" Doca, só na Cinelândia com o cadáver do estudante, cadê os carros que sentia sem ver, onde as pessoas que a olhavam, ou o restinho de feira, e a avenida mais se encompridava, e os olhos invisíveis mais se fixavam, e as risadas se distendiam, e os braços se estendiam, o mercado de Florianópolis, a Cinelândia e a avenida Atlântica se confundindo, dentro e fora, eram uma coisa só, indissolúvel, o mesmo cheiro de maresia e esperma de um e de outro se misturando com aquele odor indistinto de fim de feira e de fim de noite, as cores, verdevermelhoalaranjadoazulpreto, os olhos que brilhavam, das cunhadas ou de "seu" Doca, do morto ou dos cavalos, os olhos raiados que tinham as cores do arco-íris, o íris vazio e raivoso e luxurioso, o bafio pesado de "seu" Doca, a língua viperina das cunhadas, aquele vento forte e quente a forçar, a vergar, o asfalto pegajoso e fétido, de corpo putrefacto,

mamãe, eu clamava por ti, como eu clamava por ti, eu chorava, eu corria, eu fugia, mentendes sei, eu precisava me libertar mas algo dentro de mim se recusava e não queria se libertar, não sei explicar bem, escuta só, quem sabe se, sim, é isto, ouve, presta atenção, ontem, tarde já, depois que cheguei em casa exausta tentei relaxar, toquei pra ti, ninguém atendia, fiquei acordada esperando o Sylvio, ele chegou tarde nem me ligou, quando entrei no quarto ele já roncava ferrado no sono, naquele sono de pedra dele que eu invejo, nem quis me ouvir contar nada, fui então pra sala, toda a casa em silêncio, tomei minhas pílulas em vão, deitei, custei a dormir, se é que dormi, uma angústia sem nome, virava e revirava na cama, passei por uma madorna que me deixou mais inquieta, e a insônia, a insônia me rondando, tinha lido meu horóscopo, vi que era meu dia aziago, não devia ter saído de casa, conjunção de astros adversos, sou Escorpião, sabes, me preocupei, tentei de tarde antes de sair pro Centro ligar pro doutor Castro, inútil, ninguém atendia na casa dele, no consultório dele, é sempre assim, ninguém atende quando mais precisamos de uma pessoa ela nunca está, o mesmo aconteceu contigo, onde estavas me diz, hein, te toquei várias vezes, desesperei, e cadê sono, não dormi direito uma nica, ou dormi sei lá, procurei ler, não deu, escutar rádio, em vão, me levantei de novo, voltei pra sala, liguei a TV, desliguei, no quarto outra vez, Sylvio dormia sempre, o que me deu raiva, eu precisando dele e ele nem acordava, os guris dormiam, a empregada dormia, o mundo todo dormia enquanto eu velava e sofria, no apartamento de baixo um rádio ligado no mais alto impregnava o quarto de uma música estridente, irritante, fui na cozinha, bebi água gelada, voltei pra sala, outra vez na cozinha onde tomei mais três, quatro pílulas, larguei-me na cadeira e rezei pra que fizessem efeito, bem que eu estava desde cedo imaginando qualquer coisa no gênero, sim, claro mamãe, meu signo, minhas cunhadas, o horror do dia, o estudante morto, tudo se cruzando numa vez só é demais, se eu afundasse num sono sem sonho, mas as pílulas já não me fazem o mesmo efeito, parece que o organismo se habituou a elas, me deixam sonolenta sim, porém estranhamente lúcida e sensível, estranhamente sensível e tensa, preciso tomar mais cada vez, mais, mudar, variar, então ontem, que eu tive um dia horrível, terrível, com a carga explodindo depois do que assisti, a morte estúpida do guri, a multidão enfurecida berrando, a polícia batendo, pouco antes uma discussão com aquelas pestes, não-não, não mamãe, não procures desculpá-las só porque são irmãs do Sylvio tenho que agüentá-las tenho, sei-sei, estão te adulando e te levam na conversa, qualquer dia eu é que sou a culpada de tudo, na tua boa-fé te...me deixa falar, desabafar, me deixa, não tenho muito tempo, me escuta por favor, mesmo que, me escuta sim, ouve, o quê, preciso me desabafar com alguém senão vou explodir como um caldeirão e esse alguém é só contigo, só pode ser tu, quem mais, é, claro, o quê, alô, espera um minutinho só, vou ver o que está acontecendo, é, o quê, certo, certo, claro, claro, não, nunca, mas espera um instantinho que já volto a falar contigo, te contar, te consultar, te explicar, te ouvir, preciso, necessito, só que antes quero ver o que está acontecendo, é sempre assim, impossível, não me dão um momento de paz —

o que é isto, quê que está acontecendo com os guris, silêncio, SILÊNCIO, vocês me matam, maatam, suas pestes, seus desgraçados, ME MAAATAM, Jupira, o que é que está acontecendo aí no quarto dos guris, hein, já tomaram café, já, por que então não preparas eles pra levá-los no parque, hein-hein, sua tansa, o quê mesmo, não basta eu ter me levantado pra atendê-los enquanto a senhora ficava no bem-bom da cama, o que mesmo, dor de dente, roupinha deles, mas não te disse que problema de roupinha, do lanche, de tudo dos dois é mais contigo, hein, responde, ficaste muda, se fosse pra eu mesma atendê-los por que iria te contratar, te pagando o que te pago, hein, me diz, será pelos teus belos olhos, será, nem trocar duas palavrinhas em paz com minha mãe posso, o que é agora, porque estas pestinhas estão chorando, hein, só manha, só, não é não senhora, garanto, te despacha logo, vamos, e vocês parem com estas manhas se não, é, se não vou aí, não agüento mais não, sim, sim —

alô mamãe, mamãe, ainda estás aí, és tu, o quê, mais alto, não ouço nada, estes telefones estão uma merda, cada vez piores a cada dia que passa, o que, já estás me ouvindo, tens mais sorte do que eu, ah, o que foi aqui, ora o que poderia ser, o mesmo de sempre, a gente contrata estas babás, com referência e tudo, paga uma fortuna, elas são tratadas como da família, comem do bom e do melhor, vivem como nunca viveram na casa delas, têm folgas e são umas folgadas, o que, a Jupira sim, é ela mesma ainda, vai indo, mas ainda agora, não escutaste não, precisei lhe dizer umas verdades bem verdadeiras, só que não adianta, sai por uma orelha mal entrou pela outra, está remanchando, saiu já que nada, estava esperando por mim pra eu fazer o serviço que compete a ela, agora é que vai começar a arrumar os meninos, depois irá se arrumar, leva um tempão, só vai pro parque toda no chiquê, parece uma dama, tem lá, penso, o soldado dela, e só quer chegar lá quando ele chega, mas o que é que vou fazer me diz, sou obrigada a aturá-la, quanto mais se muda é pior, pela menos é de confiança, como vou ter certeza mamãe, tu me exasperas com perguntas infantis, me parece é tudo, sei lá, só se ficar espiando, os guris se acertaram com ela, se eu for me preocupar demais acabo matusquela, te alembras da outra, o quê, a Benwarda sim continua comigo como cozinheira e arrumadeira, não, não despedi, já, já tentei, não adianta, cada qual pior, e a Benwarda tirando aquela coisa dela, do rádio ligado o dia todo escutando as novelas, até que não é das piores, não é má, dá conta do recado, tem um bom tempero, é limpinha, não o ideal, isto não, meio lerda e tansa, mas...o quê, não-não, por favor deixa, esquece, estar mudando é pior, tenho que ensinar, sofrer, depois conheço bem as tuas ótimas e as ótimas das tuas amigas, te lembras da última experiência, foi antes da Benwarda não foi, não foi não, foi, não, me parece que não, é, verdade, ah-ah-ah, verdade, eu estava sem ninguém, nem babá, num desespero, esgotada, cansada, irritada, sei mamãe, sei, foi com a melhor das intenções como não, compreendo, mas de melhores intenções o inferno anda cheio, ora, pois é, um dia me apareceste com a Nelma, esse o nome dela, é, tens razão, bem antes da Benwarda, é que são tantas, parecia caída do céu pra minha casa, aquele rosto de anjo negro, tão bem composta, quietinha, educada, sim-senhora-pra-cá, sim-senhora-pra-lá, depois da Nelma, agora estou me recordando, passaram aqui umas quatro ou cinco, só que igual a ela nenhuma, iludiu a todos, não interessa, o que importa é que não sei quem tinha te recomendado a moça, lá entrou ela um dia contigo, como sempre foste logo te entusiasmando, ela começou fazendo exigências descabidas com aquele arzinho cândido, não trabalhava nisto e naquilo, voltas fora não —

a senhora sabe tenho que me cuidar sou do interior e me preveniram tanto contra o Rio suas maldades e pecados —

saídas todo fim de semana para visitar uns parentes no subúrbio, concordei e deu no que deu, em pouco confiávamos nela e um dia sumiu, mas não, que te acuso que nada, até que carregou pouco, foi ela sim; quem mais me diz, por favor, quem ia saber certinho onde estava o relógio do Sylvio, e o rádio de pilha novinho guardado naquela caixa pra ir pro conserto, e o dinheiro, deixemos isto de lado, tá bom, tá bem, por favor, agora não, tá, me provas que não foi ela noutra hora, foi fantasma, alguém adivinhou onde as coisas se encontravam, ora-ora mamãe que ironizo que nada, o que agora, não-não, é impossível, me escuta, me desculpa mas me escuta por favor, não tenho muito tempo e é tanto o que tenho pra desabafar, preciso te contar, te consultar, impossível outra hora já disse, se não queres, se não tens tempo pra tua filhinha, se não podes me dar uma ajuda, tumentendes bem melhor do que ninguém, pra quem irei apelar então, já te disse, continuar assim não, sabes como é, tu sabes bem, ainda ontem eu conversava com o Sylvio, queria apoio e carinho, e ele falou —

só com tua mãe podes te entender quando estás assim —

eu tremendo, quando estou nas minhas crises preciso de mais compreensão e o médico me...lhe ia dizer eu, mas não me deixou concluir, que médico Dulce, o psiquiatra recomendado não aceitaste, ele sim poderia te ajudar, mas os outros puf, eu gritei pra ele, psiquiatra é, pensas que estou maluca, respondeu não é isto não, vê bem, consulta tua mãe, é o melhor pra ti, calei-me, calou-se, ficamos nos olhando com hostilidade, sentindo mais uma crise se avizinhar, nós, que nos damos tão bem, nestas ocasiões ficamos como dois estranhos, quase inimigos, e esta depressão profunda, insondável, vejo tudo cinza e sem finalidade, diz doutor Castro que está procurando a raiz do meu mal, do meu trauma, na infância por certo, tudo se forma na infância, seu mal tem cura desde que...insiste ele, e continua —

é só uma questão de tempo, estamos no bom caminho, no rumo certo —

o quê, estive sim, mais uma das minhas sessões, o Sylvio não acredita muito mas é um método novo do doutor Castro, fiquei mais de hora com ele, me trata sempre tão bem, relaxo, saio de lá renovada, retemperada, mas tudo dura pouco, tão pouco, porque será doutor Castro, por que logo vou sendo outra vez tragada, esvaziada, volto ao mesmo, pior, pioro, te contei não foi, foi, não, pois é, cheguei, nenhuma espera, fui logo entrando, a sala acolhedora, aqueles tons apaziguadores, ambiente repousante, a enfermeira com o sorriso fixo e bem composto, como vai dona Dulce, vou bem e você retruquei, vamos indo, e doutor Castro, entre que o doutor a espera, lá estava ele sentado, mexendo nuns papéis, se levantou, me olhou, doutor Castro como vai, fui a primeira a falar, estendi-lhe a mão, trêmula, apertou-a entre as dele, um aperto rápido e firme, olhou-me, tão seguro de si mesmo —

vou bem e você,
não sei como vou indo, porque, a minha dor de cabeça que não some e aquela angústia que sobe aqui do fundo do peito, horas de depressão em que fico largada e inútil outras em que me bate uma euforia inexplicável —

tocou-me no ombro empurrando-me gentil e dizendo docemente sente-se aqui assim, calou-se, olhou-me e me disse vamos resolver isto logo, olhei-o incrédula, você tem confiança em mim não tem, respondi claro é só o que ainda me resta doutor e se não tivesse, interrompeu-me, perguntou pelo Sylvio, os guris, por ti mamãe, queria saber como iam todos, as perguntas vinham dum jato, me envolviam, até mais do que elas a voz, a voz me embalava e transportava, tentei rir e brincar e disse-lhe todos bem melhores do que eu, riu também e não pareceu levar em consideração a mágoa implícita na minha resposta, conversamos um bocado de uma coisa e outra, nos sondando, ele sempre faz assim, até que como quem não quer nada vai me conduzindo para o caminho desejado, eu também como quem não quer nada resistia, reagia, insistia em não me entregar, recuava, repisava temas velhos e batidos, mas lentamente me deixava arrastar, uma dormência lenta, suave, inconscientemente me deixava envolver, forçava uma resistência que sabia inútil, eu não querendo queria me entregar, repetia como um autômato as mesmas palavras, horas de depressão, fico largada, outras me bate um entusiasmo sem razão de ser aparente, me dá uma ânsia de me movimentar e fazer coisas —

me compreende não é, não é, sim compreendo dona Dulce, continue e me diga como tem passado desde sua última visita e por que não veio para a outra consulta marcada e nem ao menos me telefonou, isto é sinal de que tem passado melhor, só que entenda e grave bem o que lhe expliquei desde a primeira vez, a continuidade de nossas sessões é indispensável para o bom andamento do tratamento e da cura, sem o que os resultados, sabe, serão mais lentos, preciso de sua colaboração, a senhora me resiste quando chegamos a um determinado ponto —

pois é doutor, estive uns dias calma, pensei em vir, deixei pra depois porque no dia tive um compromisso social, e de repente não sei o que nem por que tudo desandou de novo —

dona Dulce já lhe expliquei que são fases, ciclos, o mecanismo interno de uma pessoa, percebe o que quero dizer, sim, mas se o senhor é mesmo meu amigo como diz precisa me ajudar, me ajude por favor antes que eu enlouqueça, vamos, acalme-se, recline-se no sofá, assim, isto, olhe pra mim, firme e fixo, você confia em mim não é, vamos continuar aquela nossa conversa da última vez, vamos hein, quer-quer, não-quer-não-quer-não-faz-mal-deixemos-pra-lá-fique-quieta-assim, doutor...se não tiver vontade de falar não fale, relaxe, responda-me só com movimentos de cabeça, concentre-se, eu falo, não lhe contei de minha viagem a São Paulo há pouco contei, ah, é verdade, você não esteve mais aqui depois que voltei, pois bem, fiquei três dias, ia ficar dez não deu, não me acostumo à vida paulistana embora tenha raízes lá, sei que eles nos gozam a nós cariocas, sou carioca da gema sim, minha avó é que era paulista —

a voz me envolvendo, só a voz, o sentido do que era dito pouco importava, a voz cálida subia de tom, baixava, cariciosa, eu flutuava —

sabia, carioca, esta ave rara no Rio, você barriga-verde tem à sua frente um vero e autêntico cariocaaa —

o som, eu boiava nele, me perdia, recuava à infância, para antes da infância, onde estava eu, a que queria eu me agarrar, o som me envolvia mais —

carioca em carne e osso lá ia eu na minha pachorra sem compromisso nem hora marcada nem nada gosto de andar sem destino vendo o que há para ver ou não vendo nada assim penso melhor de repente me vejo quase correndo num passo estugado acompanhando os paulistas naquele passo de tirar o pai da forca de um São Paulo não pode parar deles não ria não —

eu não ria, eu não vivia, eu não existia ali no quarto, onde estava eu, a voz, a voz quente — não agüentei mais, apressei o que tinha a fazer e me mandei pro Rio no primeiro avião, fui logo na praia um dia inteirinho me despaulistar assim-assim cariocamente vendo o mulherio esparramado e mais jovenscriançasvelhos de papo pro ar na areia gostosa, e você —

você quem, não havia mais você, eu era um ser amorfo amoldado à voz —

e você me conte o que tem feito, se não me engano vi seu nome e o do Sylvio nas colunas sociais, o que, ah isto mesmo, sua prima não é, não é, sim doutor Castro, minha prima aquela de quem lhe falei deu uma festa, me lembro, é isto mesmo, estava lá todo o *society*, sua prima inaugurava o palacete no alto da Gávea não é, é doutor, me recordo que li seu nome, a reaparição na sociedade de Dulce e Sylvio depois de sentida ausência, vocês até apareciam numa foto, é, e você se distraiu, não doutor Castro, o pior é que não —

cheguei bem animada, uma roda amiga logo me envolveu saudando a minha reaparição, gente fina que repetia querida você anda sumida, era só o que sabiam dizer, no começo nem liguei, tomei uma coisinha e outra, mudei de roda, há muito que você não aparece anda tão sumida, repetiam e repetiam, de repente, sem motivo, me irritei, as pessoas me enervavam, aquelas risadas, o corre-corre dos garçons, o movimento sem finalidade, tudo me pareceu tão falso, me larguei num canto, me levantei, saí pra sacada, o Rio lá embaixo com suas luzes, voltei, fui na cozinha, tomei água, no quarto da prima me estirei, no outro ao lado um casal gemia, levantei à procura de nem sei o quê, vontade de gritar, fazer um escarcéu com todos, tensa, tensa, vão todos vocês, todos, vão, queria eu dizer mas não podia, a palavra não me chegava, não podia falar, um bolo na garganta, vontade de chorar, procurei o Sylvio, vamos embora, vamos já embora, ele não queria, vontade de chorar, cho-rar —

dona Dulce acalme-se, eu já lhe disse que você precisa se cuidar, lentamente tente se integrar e voltar à procura de convívio, espaireça, tente ver o lado claro e bom da vida, depende também de um esforço seu, sei doutor Castro, sei, mas não consigo, tem dias que sim, tudo normal, chato mas bom na sua monotonia, enquanto noutros tudo me parece tão sem finalidade, sem futuro, nada me interessa, nada, os filhos me aborrecem, o Sylvio me irrita, mamãe me cansa, essa instabilidade o senhor me explicou que é um reflexo do passado, vem de longe, e a minha situação atual de intranqüilidade não ajuda a melhorar, ora dona Dulce, me diga por que a situação atual não lhe parece boa, francamente não entendo, o Sylvio, certo, atravessou outra crise, mas agora se recuperou e estabilizou, os negócios dele vão bem, tudo engrenou é ou não é diga, sim, é, só que não me agrada que ele arrisque tanto na Bolsa, em títulos, que se meta com essa gente que manda e bota ele na frente pros negócios onde não querem aparecer, ora dona Dulce é a vida de seu marido, é só assim que ele sabe viver, a senhora também precisa compreendê-la, cada um de nós tem a sua cachaça, podia até ser pior a dele —

doutor Castro falava e eu me perdia mamãe, não era aquilo que eu queria-querendo, pensava nas minhas cunhadas, pensava na minha infância, pensava em nós, tentava apreender o que não sabia ao certo, e a voz, a voz, a voz que subia e descia, doce, suave, insistente, me envolvia —

a senhora precisa compreendê-lo dona Dulce, podia ser pior, aí eu voltava de minha dormência e interferia, viu-viu, até o senhor diz pior, é porque é ruim, ora, são maneiras de falar, sei, sim, é a vida dele como diz o senhor, mas e a minha, a minha não conta, estaremos sempre assim, lá no mais alto ou no mais fundo, dependendo de jogadas, é isto, de jogadas, e o senhor mesmo me disse que pra mim é importante a estabilidade, uma vida regrada, disse e confirmo até já falei com o Sylvio, me diga ele mudou, não mudou mas a senhora tem que reconhecer que ele melhorou, mudou um pouco se é que o senhor considera isto melhor, então veja, mas outra coisa que me irrita é o Sylvio ser tão confiante, se entregar nas mãos dos outros, não adianta preveni-lo contra as pessoas que se aproveitam dele, agora que assentamos pé seria melhor ele parar, se cuidar, está indo tão bem na firma de importação e exportação que poderia deixar todo o resto de lado e se dedicar só àquilo, isto me ajudaria, mas não, o senhor que é tão sábio me explique por que o Sylvio não pode, por que o vício dele tem que ser a Bolsa, vai pra lá e se deixa empolgar, esquece tudo, mulher, filhos, me ajude, por favor, o senhor precisa me ajudar, pode aconselhá-lo e lhe explicar, dona Dulce eu já lhe falei que estive com o Sylvio, ele sabe o que faz e me prometeu, a senhora é que precisa se cuidar, encarar as coisas naturalmente, sei-sei, o senhor vem sempre com esta conversa, não se lembra daquela experiência tão traumatizante e dolorosa da minha infância lá em Florianópolis, aquilo me marcou, e depois meu pai perdendo tudo que tínhamos, nós tão bem, tão considerados —

o baque ao findar a Grande Guerra, a derrocada que começara pouco antes, não sei se vivi mesmo tudo aquilo, eu teria quanto, uns seis ou sete anos, mas é como se tivesse vivido tão bem me lembro de tanto o fato ser repisado em minha casa, nas conversas de família e mesmo com estranhos, assunto constante durante muito tempo na cidade, nos comentários de beira de calçada e dos serões de família, meu pai de homem de posses a caixeiro naquela loja de calçados, amargando e amargurado, acabado, envergonhado diante dos velhos amigos, evitado por muitos, evitando-os também, as restrições em casa, minha mãe despedindo as empregadas e além de cozinhar para nós costurando para fora, meu pai passando oito horas na casa de calçados depois se atirando para aquela cadeira de braços ou então indo nos bares beber com os novos conhecidos e amigos, não-nunca os mesmos de antes, isto marca a vida de uma criança ou não marca, hein, não é, me diga, depois eu mocinha já, um fato qualquer toldado, que não consigo ou não quero desvendar, procuro recalcá-lo —

dona Dulce, relaxe, já lhe disse que tudo isto marca, mas não há razão para desespero, você mesma reconhece que melhorou, basta um pouco de cooperação sua e lhe prometo que irá superar tudo, verá que tem motivos para ser feliz, feliz, fe-liz, —

a voz, a voz, a voz, o ritmo da voz, a cadência da voz que me envolvia mais, subindo, descendo — você precisa se acalmar, continuar vindo aqui regularmente, relaxe, relaxe, assim, olhe pra mim, continuou com aquele remédio que lhe receitei, obedeça à prescrição, diminua a dose progressivamente, tem feito isto, doutor Castro, comecei com a dose certa, os primeiros efeitos foram aqueles que o senhor esperava, depois procurei diminuir mas foi impossível, impos-sí-vel, minha angústia aumentava, eu não conseguia dormir mas também não ficava acordada, não sei explicar o que era, pesadelos —

tu sabes mamãe, eu repeti pro doutor Castro impossível continuar assim, e ficamos conversando, melhor, eu fiquei falando porque ele só me provocava e calava, saltando de um assunto a outro mas retornando sempre ao mesmo tema pra me sentir, me acalmar, caí numa dormência, realidade-fantasia se confundindo, eu ia e vinha, ora ali ora não sabia bem onde, não conseguia identificar os locais onde estava nem me parecia que era eu, não me recordava bem de nada, agora via o doutor Castro próximo e distante, ele se chegou, sempre me olhando fixo e firme, seus olhos me hipnotizavam, senti-lhe as mãos na testa, deixou-as ali, eu relaxava sempre mais, sonhava, boiava, e a voz ciciando, tão bom, falei outra vez em ti, na infância em

Florianópolis, de fatos dos quais não mais me lembrava, não me pareciam meus, e seriam, ele puxava por mim, como quem não quer nada puxava, sentado lá longe, aquela calma nos rodeando, fechados e distantes do mundo, me veio bem mais tarde uma imagem gozada, lembrei-me de minhas pescarias no cais Frederico Rolla ou lá no trapiche perto da fábrica de gelo Rita Maria do Hoepcke naquelas minhas engraçadas pescarias de anzol que tu abominavas e onde eu perdia horas feito moleque, era assim mesmo a pesca do doutor Castro, eu botava a linha com o anzol e a isca, minhoconas que ficavam se debatendo, jogava bem lá no fundo da água escura, calma ou agitada, e nunca podia saber o que viria, uma piabinha, um bagre, um baiacu que a uma simples carícia estufava a barriga, um siri jogando suas garras para todos os lados, assim também nas minhas conversas com o doutor Castro, eu era o mar, lá ele lançava o seu anzol no mais profundo e insondável de mim mesma e nós nunca sabíamos o que poderia aparecer, às vezes nada, outras seres estranhos que não eram meus, fantasmagorias, mistérios, ele sempre diz que um dia ainda vamos encontrar o que buscamos, que peixe ou bicho marinho sairá não sei, tenho medo mas espero com ansiedade este dia, necessário pra me reencontrar e acabar com minha angústia, sabes mamãe, tu me entendes não é, porque caso contrário as coisas irão mal, vê só ontem o horror, não foi só o que presenciei mas o que aquilo provocou em mim, e logo as coisas se tornam piores muito embora a confiança do doutor Castro, nem sei se o otimismo dele é verdadeiro ou maneira de me iludir, tem horas que confio nele, noutras me irrita, depois me forço a pensar ele vai dar um jeito, ele é uma simpatia, um amor de pessoa, tão compreensivo e competente, o quê, não sejas assim, que xodó que nada tu não entendes dessas coisas, ele me trata como se eu fosse uma filha, às vezes até fico exasperada com a indiferença que demonstra, seus olhos passam e passeiam por meu corpo como se não me visse, olhos frios, clínicos, eu me estiro naquele sofá e fico, em algumas ocasiões, à vontade e até um pouco descomposta de tanto me virar e revirar, mas é como se doutor Castro não me visse, sou apenas uma cobaia pra ele, te digo que isso fere a minha vaidade de mulher ainda nova que muitos desejam e acham bonita, um dia só por birra procurei provocá-lo, não adiantou, fui direta, você deve ter muitos casos com clientes tendo elas aqui à sua disposição e sendo um quarentão enxuto, foi como se não me tivesse escutado mamãe, não adiantou, outra vez fui sutil e ele tão inteligente tão sabido tão vivido fingiu não ter percebido nada, só pode ter sido fingimento, é, não, o quê, tu conheces sim, podes não te lembrar, estivemos juntas no consultório dele, aquele mesmo é claro, alto e magro, moreno, leve entrada, testa alta, cabelo penteado pra trás, olhos azuis, fala mansa mas firme, aprumado num desleixo que lhe dá mais charme, mais encanto, mas o que impressiona mesmo são as mãos mamãe, as mãos parece que falam, têm vida própria, quando aquelas mãos me tocam num cumprimento tenho arrepios, uma corrente elétrica me percorre de um extremo a outro do corpo, nem sei se isto é bom, mas ele mal (e raramente) me toca num aperto de mão breve, os olhos sim se demoram em mim, e a voz sim, me acaricia, se derrama em meus ouvidos, morna, rouca, lenta, adormeço e me parece que as mãos estão em minha testa, mãos com olhos e voz, ali ficam, acordo lá está ele na sua cadeira, quieto, qualquer dia vou ter coragem e perguntar pra ele..., não mamãe, que teimosia a tua, que parecido, sim, tens razão, é mesmo, parecido, nunca tive nada com o doutor Clemente, sei, era solteira, poderia ter tido, e daí, não tive e pronto, nem quedinha, como não tenho com o doutor Castro, que insistência tua mamãe, não tive não, não tenho não, nem com o doutor Ludemir, aquele garotão que me atendeu no parto, uma quedinha vá lá, confesso, uma fixação besta que Ludemir nunca chegou a desconfiar, só tu, parece que na maioria das vezes adivinhas até o meu pensamento, noutras nem chegas perto, nunca mais vi o Ludemir, já no segundo parto quem me atendeu foi aquele velhinho do Instituto, te lembras não é, foi quando estivemos sem nada, e os amigos, os conhecidos, até gente que devia favores e dinheiro vivo pro Sylvio, até parentes, todos sumiram, nos abandonaram, que esquece que nada, isso lá é coisa que se esqueça, ver os parentes nos evitando, os parentes que nos deviam mais do que favores, que deviam dinheiro em penca pro Sylvio, que haviam melhorado de vida à custa do Sylvio, não, não posso esquecer nem perdoar, tumentendes, me conheces, sempre fui assim, uma passional mesmo e daí, não sei não oferecer a outra face, é, tenho sangue germânico e cigano, temperamento explosivo e contraditório, certo, podes me dizer de que lado da família é ele, podes, calas agora, mas se eu não desabafar contigo estouro, o Sylvio diz —

quando ficas assim precisas conversar com tua mãe vocês se entendem —

respondo e por que não contigo que és meu marido e tens obrigações de me aturar e agradar nas minhas crises das quais tens culpa também, ele retruca que procura, se esforça mas reconhece que não tem jeito —

só tua mãe, Dulce, nem os médicos que são especialistas te entendem tão bem como ela te entende, vocês são parecidas —

grito tá bem, tá bem — e é por isso que te telefono, apelo pra ti, teu coração de mãe sabe ver em mim, sim, sei que tens teus problemas também, tua doença crônica, te enfurnaste aí no alto de Santa Tereza de propósito, alegas dificuldades de condução pra não sair, por que não vens pra mais perto, aqui no Flamengo, e o Sylvio não colocou o carro à tua disposição, queres é ficar na tua, nem visitas ninguém, nem queres visitas, dizes —

levo uma vida modesta cercada por meu tricô e minhas recordações, meus gatos e minhas doenças —

compreendo, não te recrimino quem sou eu pra, não precisas de novo me explicar tudo, compreendo o teu drama ora se não, só que agora não, por favor, POR FAVOR mamãe, outra vez, estou com pouco tempo, me deixa explicar, escuta, ainda nem me deixaste começar a contar o que preciso te dizer, foi horrível ontem, tudo junto, me deixa desabafar, caso contrário as coisas irão ficar mal, MAL, feias, ruins, péssimas sim, sim, não, não é isto, posso e não posso me explicar melhor, tenho medo, então me escuta e não fica aí a interromper e interferir, tumentendes, precisamos nos encontrar logo, ou tu sais do teu encaramujamento e vens aqui uma tarde ou eu me toco um dia qualquer destes e vou na tua casa, então sentamos só nós duas no teu quarto, nem olhamos pra fora, esquecemos o mundo, fingimos que é aquele teu quarto na nossa casa de Florianópolis, que tudo voltou ao de antes, o tempo recuou, eu te faço as minhas confidências de meninota, tu me consolas e depois me contas as tuas coisas, me falas do quando tudo corria bem, tá mamãe, diz tá, mas agora não posso esperar, me deixa falar sim, desabafar, é, tenho não condições de refletir sobre o que aconteceu, eu tinha saído pra espairecer, as minhas cunhadas, aquelas pestes, me aporrinhavam, e deu no que deu, eu não devia ter saído, não depois de consultar meu horóscopo, mas não consegui, não tenho condições psicológicas de me acertar com elas, é inútil, já me esforcei, isto vem desde que conheci o Sylvio, até parece ciumeira do irmão, queriam ele pra elas, são umas complexadas, doentes, também vê só que trio, uma carola, uma desquitada e feia pra burro, uma que teve aquele caso infeliz com o diretor da agência de publicidade e quando ele deu no pé não conseguiu se recompor emocionalmente, agora me diz que culpa tenho eu, o que mesmo, o quê, mais alto, não, não estou escutando nada do que me dizes, não mesmo, o quê, que só escuto o que quero, se pensas que é assim tão fácil conviver com elas e acomodar então te coloca no meu lugar, na minha situação nem que seja uma horinha só, aí quero ver, vigiada em tudo, espionada como uma criminosa, quero ver, sim, quero, não agüento mais não, ah-ah, não é contigo não, um momentinho mamãe, espera um momentinho que vou ver o que está acontecendo agora —

Benwarda, atende na porta, não vês a campainha tocando, atende logo mulher-de-Deus, quem é hein, não preciso de creme nenhum, já te disse pra despachares esses vendedores de porta se não não vou poder fazer outra coisa a vida toda, meu Deus do céu como são chatos, Benwarda outra coisa, abaixa este rádio, podes escutar as tuas novelas e sofrer, mais baixinho, como é que posso conversar um pouquinho com mamãe, ouvi-la e fazer que me entenda com esse telefone horroroso e o rádio no mais alto, e

Benwarda olha o almoço, te avisei que hoje precisa sair mais cedo, o doutor Sylvio tem um compromisso logo que não pode perder, o que mulher, o trivial, é, simples, deixa o peixe pra amanhã que talvez a mamãe venha jantar comigo e ela como boa catarina adora peixe, hoje prepara só a carne assada, o arroz, claro, o restinho do feijão que o doutor Sylvio não dispensa, a salada de tomate, sobrou macarrão à bolonhesa de ontem, não, é impossível que não tenha sobrado, está bem, está bem, a cozinha é contigo, já disse, chega, sim, não precisas me explicar mais, e agora te manda, outra coisa, apressa a Jupira pra ver se ela sai hoje pro parque com os guris, se demorar mais vai sair na hora de voltar, agora vê se andas —

mamãe, alô, ALÔ, estás aí, ora o que foi agora, a Benwarda mamãe, primeiro tive que chamá-la pra abrir a porta, uma vendedora de produtos de beleza, quem mais poderia ser, como estão aumentando, é a dureza da vida, depois é aquela história de terminar o almoço, não adianta mamãe, a gente faz planos, contrata empregadas pagando uma fortuna e não adianta, temos mesmo é que supervisionar tudo, que saiu que nada, os guris estão prontos e correndo pela casa toda feito demônios mas a Jupira continua se arrumando, é uma molengona de marca, mas vou agüentando porque os garotos são fogo e ela consegue controlá-los e está sempre de bom humor, ao menos isto, não é, é o que me faz aturá-la, hein, a Benwarda vem dando conta do recado, não cozinha mal, só que às vezes fica tão empolgada com as novelas que esquece tudo e quando vamos ver estamos sem almoço nem jantar, tudo queimado, ah-ah-ah, outro dia o Sylvio tinha um convidado, um daqueles conhecidos dele lá da Bolsa de Valores, estavam tramando uma grande jogada, como ele me disse depois, passaram o jantar discutindo coisas que nem sei o que é nem procuro saber, subiu tantos pontos, a cotação da indústria tal não é boa, as ações da empresa X tiveram um crescimento inesperado mas não vão se agüentar, como estava previsto a influência daquela outra na queda da terceira se confirmou, as ações da Y vão reagir, o boato de que o dólar voltaria a ter outra alta, e se esqueceram de mim, mas o que eu queria te dizer é que vem o conhecido, o Sylvio tinha pedido pra se caprichar e a Benwarda ficou tão empolgada com a dramalhão, um daqueles de pecado, amor, ciumeira, que se esqueceu de controlar o forno e o resultado foi queimar o arroz de forno e passar do ponto a galinha ao molho pardo, a sorte, mamãe, é que aqui a gente sempre dá um jeito, já imaginaste se fosse em Florianópolis, mandei a Jupira comprar uma lasanha, tinha camarão, fiz uma fritada, pronto, também eles pouco estavam interessados na comida, bebiam vinho e comiam números lá da Bolsa de Valores, se empanturraram de ações e ficaram felizes, falar em camarão estou com um fresquinho, sete barbas, chegou de Florianópolis, porque não vens jantar comigo amanhã, vem, garanto que a Benwarda por uns tempos se comporta depois do esfregão que levou —

já não te disse que podes ouvir as tuas malditas novelas o quanto quiseres, até ver televisão te deixo, mas por favor cuida um pouco do diabo desta cozinha, cuida da comida pelo menos, vê só o que te pago, o serviço é pouco, tem a Jupira pros guris, tem a arrumadeira duas vezes por semana pra limpeza maior, a roupa é lavada fora, ficas só-só na cozinha e muitas vezes o doutor Sylvio não vem, baixou a cabeça, desculpe patroa prometo que foi a última vez mas é que estas novelas me emocionam tanto, choro, como as coitadinhas das mulheres sofrem, meu coração rebenta de dor, choro e choro, ninguém ajuda elas, perdoe sim dona Dulce —

ela se encolheu toda, repetindo mil desculpas, pensou certamente lá com ela em que outra casa vou ter a mesma folga, eu perdoei, que fazer, tenho coração de manteiga, depois ela é educada e tem bom tempero, é tão limpinha, perdoei mas sabia que na primeira oportunidade ia acontecer o mesmo, dito e feito, poucos dias depois vinha almoçar ou jantar, numa sexta-feira, a nossa prima, é, aquela mesma, como é possível, palacete, móveis, tudinho novo, com mordomo, mercedes à porta, de motorista, não entendo, ontem não tinham nada, uns pés-rapados, em menos de três anos vê tu só, não é mesmo, pra isto 64 ajudou, mas cala-te boca que as paredes têm ouvidos, não é, três anos mamãe, tumentendes, por isto te digo trabalhar não adianta mesmo, não é nem nunca foi com trabalho que a gente enriquece de verdade, pode quando muito ficar remediado, se trabalho enricasse burro é que morava em palacete, não é assim que o primo do pai lá de Biguaçu repetia, ou não era ele, não, foi aquele fulano que um dia..., não, me lembro agora, um tipo gozado que às vezes aparecia lá em casa procurando o papai —

velho amigo do pai, amigo de infância lá do litoral, de São Miguel ou de Ganchos, estranho que nunca me lembre do nome, vejo ele diante de mim, gordão, desengonçado, alto, roupas soltas, resfolegando, parecia uma caldeira, suando, chegava, batia na porta, dá licença, ia entrando sem esperar, me dá um copo dágua, sentava-se na sala, tímido de início, bebia copos e copos só de água, informal logo, pedia mais água, nem um cafezinho aceitava, ficava contando casos da infância dos dois, o pai ria, nos últimos tempos era só quem sabia fazer o pai rir, aquele riso largo que lhe enchia o rosto de rugas mas ainda assim o remoçava, o amigo recordava as traquinadas do pai, minhas só não, mais tuas, dos dois retrucava o pai, dizia o amigo tu te lembras aquelas vezes que a gente ia no rio Biguaçu depois das peladas de futebol tomar banho nus, te alembras um dia o calorão danado, a água fria de doer nos ossos, nós suando, apanhaste aquela dor nas costas que te descia pelas pernas, subia no pescoço, ficaste duro na cama um tempão, o pai olhos longe perdido na infância retrucava e tu te lembras dos saltos da ponte, num ano não quiseste esperar pra ver onde estava o fundão, te atiraste e era um banco de areia e durante mais de mês ficaste com o pescoço duro a gente te chamava e tinhas de virar todo o corpo, o amigo ria às gargalhadas balançando a cabeça, quem me curou foi a benzedura do Ti Adão, de repente paravam, faziam-se sérios, te lembras da enchente que tomou a cidade toda, a gente andava de barco pelas ruas e praça, ia na venda do "seu" Zé Gringo comprar comida e cachaça, bebia a cachaça antes de chegar em casa, vantagem a cheia, te recordas dos versinhos que diziam choveu, choveu, Biguaçu encheu, calavam outra vez, e a cantilena prosseguia, agora era a vez do pai, tu te lembras quando depois daquela festona de São Miguel a gente voltava de madrugada pra casa, sede danada, paramos pra tomar água na bica perto da choupana do velho Ti Adão, avisaram que dava malária, tu riste, depois ficaste meses doente, fraco, imprestável, primeiro vinha o frio, um frio que vencia qualquer coberta, tremedeira de dentro de ti que não sabias como explicar, gritavas batendo os dentes me cubram, me cubram, depois vinha o calorão, haja tirar as cobertas, o calorão subia, vindo também de dentro, seguia-se uma moleza, tu ficavas largado num canto sem ânimo pra nada, até que apareceram um dia com umas injeções e uns comprimidos amarelos, mijavas amarelo, na pele uma coloração amarela, aí os dois se metiam numa discussão sem fim, não o filho de meu irmão é que se curou com os tais comprimidos, dizia o amigo do papai, tem até aquela história de um dia ele depois de tomar a injeção atravessar a rua até chegar em casa sem ter consciência de nada, foi tu sim, insistia papai, eu não, na minha sezão ainda não existiam, que não existiam o quê, retrucava papai, o que existia te lembra bem era aquela injeção dolorosa ao tomá-la me dava uma tontura, pois é esta mesma que surgiu com os comprimidos, que nada estás fazendo confusão, eu-eu, é, estás envelhecendo e misturando as coisas, sai pra lá, misturando eu, misturando sim, afinal se era comigo que a coisa se dava como não vou me lembrar, explica então, ainda me lembro bem da tontura como se fosse hoje, ficava sem ver nada, a injeção era dolorosa e enorme, na primeira vez atravessei a rua sem ver nada, esbarrando nas pessoas, dois carros freiaram pensando que eu estava bêbado, até agora não sei como muito tempo depois dei por mim dentro de casa, estirado na cama, ânsia de vômito, as pessoas me rodeando que foi que não foi —

te lembras mamãe, assim ficavam eles rememorando o passado, reconstituindo os sonhos de então, pouco falando da realidade de um tempo que viviam mas não queriam viver, te lembras não é, o quê mesmo, ah, sim, como não, recordo, não, não é verdade, bobagem tua, que nada, imaginação, JÁ TE DISSE QUE NÃO, como és intransigente, como sabes ser exasperante quando queres, não insistas, o quê, fala mais alto, mais, sim, percebo bem aonde queres chegar, procuras contornar, pôr panos quentes, me desviar, vê só ainda não te expliquei nada, te agradeço a boa intenção, mas eu não posso, sabes, NÃO POSSO MAIS, preciso te contar logo, por que não me deixas, te entendo bem, estás aí, não mamãe, foi ontem, tudo, que elas mamãe, é claro que aquelas pestes me irritam, mas por que não me deixas falar no que quero, ficas me desviando do assunto, recalcar é pior, deixa que eu pelo menos desabafe, elas são umas intrigantes, querem me indispor com meu marido, ainda bem que o Sylvio me conhece e conhece as irmãs que tem, melhor do que ninguém ele conhece, se não, te digo, seria impossível a gente continuar, convivência impossível, vivem me intrigando, ainda ontem fui obrigada a sair e vê no que deu, precisava ter assistido àquilo, o horror, escuta só, e não só ontem, sempre, sempre, só que ontem tudo atingiu o máximo e a noite que passei foi mero resultado dos tormentos do dia, tormentos que elas me infligiram, conseqüências dos incômodos do dia, eu não precisava ter saído, meu horóscopo, eu no meio daquele horror e vem ela insinuar que estive, sei, sim, já sei, escuta só e vê se não tenho razão, o que agora, não mamãe, mamãe não é contigo, espera um minutinho, vou ver o que está acontecendo, o motivo da gritaria não ouves, vou despachar a babá e os guris, se eu não insistir ela não sai nunca, tansa e molengona assim nunca vi, ela sabe que os guris necessitam do parque, de ar livre, correr e espairecer, queimar energia armazenada neste apartamento, me deitar sem ver ninguém, preciso ficar só não é mamãe, me deitar remoendo minhas coisas, é um instantinho, não desliga —

Jupira, mulher de Deus anda de uma vez, deste jeito vais acabar saindo com os meninos na hora de voltar, eles ainda não estão prontos não, estão é claro, então por que a demora me diz, vamos, ah, hein, até que enfim a madame se dignou a aparecer, e aqui estão os meus amorezinhos, aqui, queridinhos da mamãe, venham, um beijinho bem gostoso, assim, outro, andem, vão agora pro parque brincar direitinho com a Jupira, estão levando os carrinhos e a bola, cuidado com o escorrega, e água e lanche Jupira, sim, vão minha vida, a mamãe está falando com a vovó, não mandam nada pra ela, o quê, beijinhos e abraços, que amorecos, tchau pra vocês, cuide bem deles Jupira, não só no parque mas também quando fores atravessar aquela rua lá que dá pro palácio, cada dia o movimento ali aumenta mais agora com o túnel, quando os motoristas vão quebrar naquela curva tem dado lambada que não é sopa, o trânsito está mais tumultuado e os motoristas mais malucos, vão agora, andem —

alô mamãe, alô, sim, saíram, tão queridinhos assim arrumados e limpinhos, daqui a pouco voltam sujos, arranhados, mandam beijos e abraços pra ti, estão saudosos e perguntando sempre pela vovó, vê se vens amanhã jantar e vê-los, tão bonitinhos os dois assim juntos, só se visses eles, não, ela é cuidadosa isto tenho de reconhecer, de confiança, e os dois a adoram, mas a gente precisa de vez em quando não é, te lembras daquela outra que eu tinha, tão educada parecia, a mulatona sempre muito pintada, é aquela mesma, prestativa na frente da gente precisávamos até pedir pra ela não exagerar se não punha os guris a perder de tanto mimo, um dia apareceram com marcas roxas nas coxinhas quase no bumbum, nas costas, calados com medo de contar —

vem cá o que é isto, eu disse, ela com todo o descaramento e cinismo não sei nada não patroa juro, como não sabes hein sua peste, chamei-a às falas, diz logo diz, não posso compreender juro patroa, ah então não compreendes sua malvada sua desalmada judiando dos anjinhos inocentes que não podem se defender não sei o que faço contigo estava bom era chamar a polícia mandar te prender, ela tremia toda, covardona de marca, gemeu por favor patroa faça isso não que seria de mim juro não sei o que me deu foi só esta vez porque eles me aporrinharam por demais e eu perdi o controle nunca me aconteceu antes andava doente preocupada sem notícias do meu pessoal na Paraíba, eu é que perdia cada vez mais as estribeiras, avancei pra ela agora vê se culpas os inocentinhos só isto que faltava agora é que pensas o que seria de ti, te entregando nas mãos dois anjinhos inocentes e tu a maltratá-los tinham tanto medo que não confessavam, patroa eu, não e não se eu por acaso não tivesse visto estas marcas continuarias hein —

despedi-a mamãe ali mesmo na hora te lembras, fiquei um tempão sem ninguém, te telefonei desesperada perguntando o que iria fazer sem babá, eu andava numa fase ruim, custou até conseguir a Jupira, antes passaram nem sei quantas que ficavam um dia, uma semana, quinze dias quando muito, custou até aparecer a Jupira mas parece que desta vez acertei, não é perfeita sei, mas quem que é perfeito neste mundo, depois é como dizia o vovô são umas coitadas que se tivessem qualquer outra habilitação ou qualificação não se sujeitariam a ser empregadas, sei-sei, ganham bem, vivem melhor do que viveriam nas casas delas, mas tem umas patroas por aí que só vendo, tratam elas pior que aos cachorros, maltratam as pobres como se elas não fossem criaturas de Deus, não é mesmo, mesmo que elas não tenham instrução, o quê, a Nelinha é uma com aquela pose e tudo o mais, as irmãs do

Sylvio então, não as agüento mamãe, se passam os dias e é este tormento, se achas fácil te coloca então na minha situação um pouquinho só que seja, aí quero ver, quero sim, dia e noite noite e dia inventando, provocando, mesmo quando não me telefonam ou vêm aqui envenenam o Sylvio, falam de mim pros nossos conhecidos, o Sylvio coitadinho não tem culpa, um pouco omisso talvez, se alheia, mas veja do meu lado, elas são fogo, aquelas pestes, fogo lhe digo —

podias conversar um pouco com o teu pai que é o mais sensato, Sylvio, deixa meu pai em paz e não te preocupes com minhas irmãs nem com o que elas dizem e fazem, mas como vou agir assim se elas não desgrudam, desgruda tu, fácil dizer, fazer também, achas, acho mesmo, se não é comigo pessoalmente ou com o que eu faço implicam é com essa história de futuro, futuro como Dulce, papagueiam, martelam pra a gente se cuidar e quando não falam pensam, vejo-lhes no olhar e nos gestos recriminatórios, na entonação, que entonação, elas dizem pense no futuro, pense no futuro, isto enche, esquece, mas Sylvio esquecer como se elas me olham e dizem como vão os filhinhos nossos sobrinhos mas o que estão querendo dizer é vê se cuida deles tão largados, eu não gosto de sermão e sei como atendê-los —

o quê mamãe, não te entendi, olha do meu lado, do meu ponto de vista, mas agora me escuta, não me interrompe mais por favor, me presta um pouquinho de atenção, depois, sim, depois me contas o que aconteceu e me explicas como elas falaram bem de mim pra ti, qualquer coisa que acontece logo toda a família acorre e se intromete, sim, até a mãe do Sylvio quando sai daquela vidinha fechada é pra se preocupar com a minha envenenada pelas filhas claro, o pai não, o meu sogro vive num outro mundo, não desgruda daquela janela, quando fala é só no tempo de dantes, na fazenda de Campos, no canavial perdido, idéia fixa, já me descreveu centenas de vezes a casa grande, não se intromete, só quando chateado por aquelas pestes das minhas cunhadas ele dá um berro e todos se encolhem, mas é raro, é isto, vês, agora concordas comigo, pois não é, onde já se viu, a marcação é pra cima de mim por causa de meus filhos, mas eles estão bem, o médico sempre os elogia, diz que estão altos e fortes até demais pra idade, e são machos, se fossem fêmeas vá lá, mulheres a gente precisa sempre olhar mais, eu sei bem o que passei, não estou te recriminando mamãe, que mania a tua, me deixa continuar o meu raciocínio, vais me dizer que a vida das meninas é mais calma do que a dos rapazes vais, que igual que nada, então temos as mesmas regalias, temos as mesmas facilidades, podemos fazer o que eles fazem, mesmo agora que a situação sob este aspecto melhorou já temos as mesmas oportunidades que eles têm me diz, não te lembras então do que lutei aqui no Rio, tive de terminar os estudos de noite, nem terminar, abandonar, me empregar no banco, sofrer os assédios até conseguir a vaga, concursos não havia, preferiam homens, usei pistolão, todos pensando na mesma coisa, me comer, me co-mer, não te escandalizes não, é isto mesmo, me co-mer, fingia que não compreendia ou que concordaria depois, num jogo sujo que me enojava, e antes então, lá em Florianópolis, meninota, mocinha, descobrindo as coisas por mim mesma, tive alguma vez qualquer explicação sobre sexo, tive, te lembras do dia em que cheguei em casa alarmada, chorando, sem saber o motivo daquela sangueira, reveja como se fosse noutra pessoa —

a meninota assustada na escola, apavorada sem saber o que fazer, sem coragem de consultar as amigas, fingia de sabida mas era uma ingênua só faltando acreditar na cegonha, não esperou o fim das aulas, alegou doença, saiu, correu, tocou-se pra casa, nem recorda como entrou no ônibus, achando que todos conheciam seu segredo, suja, contaminada, ressabiada, será que o sangue já atravessara o vestido, chegou em casa correndo, atirou-se nos braços da mãe, a explicação dita a medo, o constrangimento de ambas —

mamãe, tu não me encaravas, como se estivesse a me explicar algo vergonhoso, sem encontrar as palavras adequadas, sei que não é culpa tua, formação defeituosa, sei, tabus, entendo, tumentendes também não é, por isso é que digo que para os homens é sempre mais fácil, eles aprendem na rua com os mais velhos ou com mulheres, não faltam as que lhes querem ensinar e depois que aprendem viram logo uns sabidões e nós então é que temos de nos precaver deles, aprendem tão bem as lições que nos querem ensinar rapidamente os espertinhos, o quê, não mamãe, é aqui, outra vez me interrompendo, espera um pouquinho —

sim Benwarda sim, já te disse que deves te determinar na cozinha sem que venhas me interromper pra cada coisa que surge, não vês que estou falando com minha mãe um assunto importante, pega ali o dinheiro e vai comprar o sal, é isto, nunca me avisas antes, sal, café, manteiga, qualquer coisa e tudo, onde já se viu, absurdo, nunca te lembras de avisar antes pra eu pedir no armazém, só na hora, vê logo se falta outra coisa minha filha, se não daqui a meia hora estás me interrompendo de novo —

entendeste mamãe, era a Benwarda outra vez, está faltando sal, é um inferno, nunca me previne de nada só vem choramingar quando já faltou e então tem que sair e procurar correndo pra comprar e atrasa tudo, isto se encontrar, garanto que quando achaste que eu devia entrar pra Camde não imaginavas o que viria, e eu tive de desfilar, não entendo nada de política, nem tu, mas te deixaste emprenhar por aquelas tuas amigas que vinham com tanta conversa de salvar o Brasil, devia-se convocar parentes e amigos pra uma grande corrente, te lembras que eu disse não vamos nos meter nisso, convencida por aquela vizinha granfina acabaste me convencendo, e pra nós deu no que deu, pro Sylvio já começou mal com aquela história do Carnet Fartura e do Banco Itabira, nem sei por que ele tinha resolvido aplicar uns dinheiros ali, lá se foi tudinho que a gente tinha, te lembras, felizmente depois com a alta do dólar ele se recuperou, deu uma jogada certa e a maré mais uma vez mudou a nosso favor, mas ele lutou sozinho, quando está bem ajuda os outros quando precisa todos o abandonam, tu te lembras não é, bem sabes que os parentes o largaram, aquela vez que estivemos tão atrapalhados com dívidas se amontoando e o apartamento empenhado ninguém foi capaz de mexer uma palha por nós, o quê, ah, sim, claro, depois, mas isto é outra história, não-não, por favor não me venhas agora com isto, eu tinha que agir como agi pra eles compreenderem, mas mamãe tu não me deixas explicar nada, afinal eu queria te ouvir, bater um papinho dos nossos, desabafar e relaxar, apagar o ontem, o quê, mas não soubeste, a cidade está cheia de boataria como resultado dos incidentes, lá na Cinelândia mamãe, o estudante morto no Calabouço, o corpo carregado pra Cinelândia por uma multidão, os discursos, o quebra-quebra, os gritos, a polícia contra os estudantes, eu no meio de tudo aquilo carregada sem poder escapar, quase esmagada, tentando sair, já não te falei, falei, é que não me deixas explicar, interferes, eu queria conversar contigo pra esquecer o dia terrível de ontem, a noite que se seguiu, a dor de cabeça que me varava o cérebro rachando-o em dois, não adiantou nada o remédio do doutor Castro, não encontrei ele em lugar nenhum, nem sei mais o que fazer, fico nestas horas girando pela casa de um canto pro outro, vou pros quartos, pra sala, pra cozinha, chego na janela, olho pra rua tão calma vendo os carros passando, as palmeiras, avisto lá no fim da rua um comecinho da praia do Flamengo, procuro me distrair anotando as marcas dos carros, dentro gente alegre que vai à procura de distração e companhia, sem problemas enquanto eu estou ali enjaulada, amarrada, me dá vontade também de sair só não importa pra onde, mas tenho medo de enfrentar a rua, as gentes, o tumulto, o que mamãe, não-não, não insistas, sei, o doutor Castro me explicou, diz que preciso me readaptar, está procurando a raiz do meu mal, mas, por favor, não me interrompe com estas tuas histórias antigas a meu respeito que nada adiantam, sei de tudo mas precisas compreender outros aspectos da questão, aprender as coisas que estão bem no fundo, percebo tudo como não, pensas que eu não vejo, quem foi que disse que te culpo quem foi, quem sou pra atirar a primeira pedra, o bom do papai, o pobre do papai teve o fim que certamente desejaria, não, o choque teu eu compreendo, te marcou, acordar e encontrá-lo ali assim, estirado, duro, morto, já frio, não deve ter sido fácil não, é claro mamãe, ele tinha ido dormir aparentemente tão bem, escutou o noticiário queixando-se como sempre daquela dorzinha do lado esquerdo que subia do dedo mindinho pro braço, a dormência, mas a gente sempre pensou que fosse reumatismo, ele odiava ir a médico, quanto àquela sufocação no peito o próprio médico disse que eram gases —

o senhor se cuide com a alimentação, evite comidas gordurosas, de fermentação, nada de cerveja, um vinhozinho de vez em quando vá lá, faça regime, olhe a idade que não perdoa —

papai não ligou a mínima —

naquela noite até que ele não chegou tarde bem alto, quase não sentou na cadeira de braços pra escutar as últimas notícias, falou de uma coisa e outra, que o amigo de Biguaçu andava sumido, que o serviço na casa de calçados o aporrinhava cada vez mais, logo foi pro quarto, recordo tudo como não, igual se fosse hoje, pobre papai, eu também não demorei, só fui acordar com os teus gritos mamãe, o papai duro na cama com os olhos abertos, foi a primeira coisa que vi, aquele ar de espanto, parecia surpreendido, ou dormindo de olhos abertos não fosse a postura e a cor do rosto, morreu dormindo disse o médico, mas como poderia morrer dormindo e estar com os olhos assim abertos e indagativos me interrogo sempre, depois me contaste mamãe que tinhas acordado na hora de sempre, o frio, inverno chegando brabo, a neblina encobria a faixa do mar que se entrevia da janela, a janela mostrava também a geada começando a se derreter na grama do jardim, a mãe bocejou, estendeu o braço, espreguiçou-se, tocou acidentalmente no rosto do marido deitado a seu lado, tão frio, um frio estranho e acima do normal, certamente descoberto, se neste final de maio, mês de veranico, já se mostrava assim o que seriam junho, julho, agosto, quando o vento sul e aquela chuvinha fina de furar ossos tomassem conta de Florianópolis, mamãe precisava se precaver, comprar umas roupas quentes, um bom cobertor, Dulce necessitava de um casacão, mas a vida marchava difícil, dinheiro curto e tudo caro, tudo caro e tudo saindo errado pra eles, trabalhando na casa de calçados e ganhando pouco o pai nunca mais levantara a cabeça, tudo se fora, a boa vida antiga, a roda que freqüentavam, agora o pai evitava até os velhos amigos, metia-se em bares, bebendo, ou então na praça XV, debaixo da velha figueira horas e horas sentado sem trocar palavra com os conhecidos, jornal pendido nas pernas sem ler, sem ver, olhos recuados no passado, desinteressado do presente ou do futuro, às vezes convidava Dulce, vamos filha vem passear com o papai, saíam, iam até a ponte Hercílio Luz, quietos, observavam os ônibus se cruzando, liam as indicações, Curitiba, Lajes, Joinville, Porto Alegre, Criciuma, Rio, Blumenau, Biguaçu, olha lá o de Biguaçu, o pai fazia questão de chamar atenção, só este acendia-lhe uma faísca de interesse que logo sumia, parados ao lado da ponte atiravam pedrinhas no mar azul ou esverdeado observando os círculos que se formavam e ampliavam até atingir os barquinhos que passavam deslizando lerdos em direção ao Veleiros da Ilha, agora tudo se passava rápido na cabeça de Dulce, na cabeça da mãe também aquele amanhecer quando sentiu qualquer coisa diferente ao tocar no marido, chamou-o, uma, duas, três vezes, o pânico tomando-a, ele ali frio e duro, inútil o chamado, a pele dura, já começara o *rigor mortis*, gritou, só então gritou, gritou outra vez, outra, ergueu-se às pressas, a primeira sensação de pavor sufocando-a, e bem no fundo asco por ter dormido ao lado de um morto mesmo que o morto fosse seu marido, não-não, não era, não podia ser, não, queria que fosse, o que seria então, algum pesadelo, sensação inexplicável que não era bem a da morte ao seu lado mas a de ter permanecido não sabia quanto tempo ao lado do morto, daquele cadáver, lhe fazia mal, deveria ter percebido antes, adivinhado, acordado, começou a entrar em pânico, voltou a gritar, já de pé, um princípio de histeria, um tumulto, pela mente passavam-lhe cenas da vida de ambos, da sua vida e da vida do marido, deles com Dulce, reconstituía num átimo o passado, como se ela é que estivesse morta, não dizem que ao se passar uma pessoa revê tudo, o que teria se desenrolado na cabeça do marido nos derradeiros instantes, que imagens, que visões, que sensações, que mágoa, que frustração, ou não, teria ele morrido durante o sono, sonhando com uma vida de realizações e de..., então porque os olhos abertos e interrogativos, a mãe via-se moça, o namoro, o casamento, os planos, os primeiros anos, tão bem, tão bons, a Revolução de Trinta, eles refugiando-se no Alto Biguaçu na chácara de uns parentes do marido, até ali mal chegando o rumor das lutas e os boatos do avanço das tropas, Florianópolis sitiada, Biguaçu bombardeada, o rombo na farmácia do "seu" Taurino, o fim de tudo com a vitória dos revoltosos de Vargas, os lenços vermelhos surgindo aos montes, à volta para Florianópolis, tudo outra vez tão bem, o nascimento da filha anos depois do casamento quando já aceitavam o fato de não ter filhos, às vésperas da Grande Guerra, recuava até as festas a que iam, a roda de amizades se ampliando à medida que eles melhoravam de padrão, o valor de uma pessoa se mede pelo que ela possui lhe dizia a avó, não-não, as ligações do marido contavam, a política que passara a interessá-lo, queria mais para a filha Dulce, mas a Grande Guerra interferira, há um hiato de expectativa, o que teria acontecido então, o quê, não conseguia se lembrar nem explicar, só se recorda que não fora no início da Guerra mas a partir do momento em que o Brasil nela entrara, sim, pouco antes do começo da Guerra nascera Dulce, até aí tudo bem, mas depois, depois, fazia quase dez anos de casados, casados, ca-sa-dos, recua para a lua de mel, ambos jovens e inexperientes, a mente se perde num emaranhado de sensações, de emoções, de sons e vozes, de exclamações, de interrogações, de dúvidas, é o fim da Guerra, a filha pequenina, os contratempos inexplicáveis, o desastre para eles, quais os motivos, nunca mais, começa, mas o pensamento é interrompido pelo choro que a toma enquanto o grito ainda repercute pela casa e se perde lá longe, e logo Dulce acorre para atender a mãe e a mãe já começava a pensar no marido em termos de passado, não conseguia pensar mais ele *é* mas ele *era*, ao mesmo tempo em que o grito repercutia mais prosseguindo até alcançar os últimos recantos da casa e ela desabava na cama ao lado do corpo —

mamãe te lembras, fui a primeira a entrar no quarto, tu te recordas mamãe, estavas com um ar de louca, não percebi de imediato o que estava acontecendo, não conseguiste falar, com um dedo trêmulo apontaste para a cama, pareceste notar só então que estavas estirada ao lado do cadáver, perto dele, te ergueste apavorada, eu compreendi logo, nem cheguei perto, saí correndo fui avisar o vizinho, o "seu" Nagib, logo a casa se encheu de gente, tudo então se passou como num pesadelo, não é mamãe, contigo aconteceu o mesmo, só fui retomar pé aqui no Rio quanto tempo depois, muito tempo, quem foi que disse que fizeste mal, mal em que, quando, quem, no que, foi tudo muito bem, agiste de cabeça fria, é claro que concordei com a venda da casa, mantê-la pra que, alugar não fazia sentido, a gente precisava pagar dívidas, a compra aí em Santa Tereza foi a única saída para o que tinhas, certo, acredito, não te recrimino não, ora-ora que bobagem, disse sim, eu disse, penso que poderias ter esperado um pouco, procurar no Flamengo, na zona sul valoriza mais, enquanto aí com as enchentes sabes como é, o quê, o quê, não-não, é diferente, voltas sempre ao mesmo assunto mamãe, tumentendes, queres explicar o que não necessita de explicação, explicar o que me diz, pra que e pra quem, o que eu penso pouco importa a esta altura já te disse, pode ser que eu tenha visto mal, sim, está bem, ESTÁ BEM, esquece mamãe, por favor, não vamos outra vez, que diabo sempre voltas, é, então foi isto mesmo, vocês estavam conversando, distraídos, mudemos de assunto, o quê, fala mais alto, não havia nada de mais, me explica donde te surgiu agora esta idéia idiota, desculpa, desculpa mas é que me irritas, ora perdoar o quê, esta conversa é tão dolorosa pra mim, pra nós, pras duas, por que insistir por que, hein, as nossas conversas se tornam desagradáveis, não, minha culpa não, escuta, deixa que eu te explique meu Deus do céu, vê só, não é isto não, acredita, vou, sim, qualquer dia vou, e o Sylvio, não tem nada contra ti, é que ele trabalha a semana toda, é tão ocupado, tão arredio, lembra às vezes o papai, até de noite trabalha, anda metido naquelas grandes jogadas dele, quer dar uma definitiva, diz, depois se afastar e gozar a vida enquanto é tempo, mas sei mesmo que dês vais continuar lhe digo eu, não mamãe, nada disto, é trabalho mesmo, pode ser que tenha tido uma aventurazinha qualquer, qual o homem que não tem com as tentações à vista, o mulherio se oferecendo, mas no fundo Sylvio me é fiel, sei, nós mulheres então não sabemos, não intuímos estas coisas, bobagem mesmo, bobagem, não houve nada entre eles, o Sylvio freqüentava o escritório porque andou durante uns tempos querendo contratar uma agência de publicidade, então procurou aquela do Romildo, Sylvio me contou tudo um dia que eu fiz uma cena de ciúme mas ele me obrigou a jurar que não revelaria nada, o caso é que a mulher do Romildo andava desconfiada com o excesso de trabalho do marido no escritório, com as contínuas viagens a serviço pra São Paulo, coincidia telefonar e a secretária do Romildo não estava, uma vez doente, outra saíra mais cedo, outra não estava na seção e não tinham como localizá-la, ficavam de dar recado pra ela telefonar e dias depois ela telefonava se desculpando que esquecera ou que haviam se esquecido de lhe dar o recado a tempo, já percebeste tudo não é mesmo, aí o Sylvio, com a conivência dos dois, o quê, se eu engoli a história, mas mamãe, ouça aqui, tá bem, tá bem é assim deste jeito mesmo, ande, me faça esquecer meus problemas pondo lenha na fogueira, a noite de cachorro que tive e vens tu me insinuar que o Sylvio, por que hein, tu de um lado me emprenhando os ouvidos e do outro minhas cunhadas os do Sylvio, vocês não param, agora tu vê só, quando penso que encontramos outro assunto volta tudo, tudo voltou, vejo-me nitidamente nua na rua, nua na avenida, nua, ainda me sinto correndo, arfando, perseguida, os cavalos avançando, os soldados atacando, a multidão se espremendo, o corpo do estudante carregado, mas de repente não é nada disso, são os braços de "seu" Doca me buscando e me envolvendo, sinto os olhos daquelas pestes me espionando grudadas em mim, donde fui tirar tudo isto me explica mamãe, imaginação mórbida dizes tu, mas sou tua filha não sou hein mamãe, e quem mais mórbida do que tu, ora, sei, conscientemente sei que não houve nada com "seu" Doca como nunca andei correndo nua pela avenida Rio Branco ou Atlântica, mas em dados momentos isto adquire mais realidade do que muitos acontecimentos reais de minha vida, sei não, é, quem sabe, então outra coisa, me explica se podes por que o "seu" Doca de repente se diluía adquirindo outras feições conhecidas e íntimas que por mais que me esforce não consigo identificar embora tenha certeza que me são familiares, sinto que quero-não-quero identificar, como diz o doutor Castro vá lá a gente explicar esse mecanismo íntimo que aciona e deflagra em nós tais sonhos, certo que há uma raiz qualquer não revelada, o quê mamãe, entendi-entendi, pode ser que doutor Castro não diga isto assim mas deixa entrever, não estou querendo explicar nada pela psicanálise como dizes, que sei eu de psicanálise, não quero me fazer de entendida não, só estou te procurando contar o que me diz doutor Castro, interpretando ele, e não vais me querer dizer que ele não é cobrão embora não seja um psicanalista clássico, que paixonite mamãe, lá voltas tu, que gamação que nada, tens uma meia-dúzia de fórmulas que aplicas pra tudo, onde já se viu, agora vens bancando a sabichona, transferência e coisa e tal, quem quer ser a entendida em psicanálise me diz, é fácil resolver tudo assim, é fácil, como foi fácil pra irmã do Sylvio descarregar tudo pra cima do pobre do ex-marido que deu no pé, uma harpia daquelas nem sei como ele conseguiu agüentá-la tanto tempo, uma bruxa, feia, burra, mal parada, mal-educada, breve contra a luxúria, como não queria que o marido fosse beber em outras fontes, de quem é mesmo esta expressão, ah-ah-ah, da outra irmã do Sylvio, a carolona, ora, então não podiam existir duas secretárias em duas agências de publicidade e as duas fazendo o mesmo, isto é, programas com os respectivos chefes ou clientes, trepando com eles, tá bem, dormindo, só que ninguém dorme numa hora dessas mamãe, sim, classifica como quiseres o ato, deixa de ser ingênua agora sou eu que te digo, claro que a irmã mais moça do Sylvio andava de caso com o patrão dela, que suspeita, certeza, que imaginação fértil, sempre me vens com esta não é de hoje, andava com ele há muito, é o que as outras duas precisam fazer em lugar de estar atucanando a vida da gente, tanto a desquitada como a santarrona, transferência é a vida da santarrona que não pode dar pra homem nenhum porque não encontra quem a queira vai e oferece pra Deus-coitado, que sacrifício que nada, é a verdade, ambas precisam é de homem, é de um bom macho simsenhora, vais me dizer que mulher não precisa de homem, então porque esse "oh" escandalizado, já notaste como essas solteironas virgens depois de certa idade ficam ressequidas e irritadiças, à procura de um derivativo mas sabendo lá no fundo delas que derivativo pra sexo não há, é sexo mesmo e acabou, por que isto me diz, o Sylvio neste aspecto se parece contigo também emburra e se fecha quando lhe falo certas verdades, então se é a respeito da família, um dia chegou a me dizer que me lembrasse da minha —

que queres dizer com isto gritei, deixa pra lá respondeu, retruquei deixa pra lá não, deixa sim que é melhor, melhor nada agora vamos até o fundo da questão, deixa Dulce que é melhor, e ficamos deixa-não-deixa-sim-deixa-não, agora precisas me esclarecer insisti —

e ele me lembrou uma antiga conversa numa das minhas noites de crise eu tinha lhe contado do nosso primo e das dúvidas e não sei o que ele imaginou e concluiu de minhas confidências, levou a coisa para um outro terreno, talvez que na minha confusão eu não me fizesse entender e me expressasse mal, ora mamãe vê se mentendes então não posso fazer confidências pra meu marido quando estou nas minhas crises, me abrir com ele, procurar que ele me esclareça, anime e console, mas tempos depois quando ele veio com insinuações porcas eu não engoli não, falei alto, briguei, nos defendi —

não podes insinuar isto, a honra da família não permito, manchá-la não, o que eu disse foi bem diferente —

me lembro bem mamãe, entrei em casa de repente encontrando-te a chorar, resultado de uma discussão com papai horas antes, as histórias de sempre, os desencontros de sempre, o primo procurava te consolar, vocês dois ali sentados muito próximos, ficou-me a dúvida que nunca externei diretamente, não de ti não, mas eu não confiava nele, nunca deixei transparecer e bem mais tarde toquei no assunto contigo te lembras, nunca me abri nem com Sylvio, foi só num desabafo mas logo recuei, pensei que ele nem se lembrasse até aquele dia em que eu falei da irmã dele —

olha a tua família —

disse ele, aí zanguei-me de verdade, então gritei e ele baixou a cabeça e não retrucou mais, nunca voltou ao assunto, viu que eu estava zangada, zanguei-me sim, o assunto morreu ali mesmo pra sempre, te juro mamãe, cisma tua que falou pras irmãs, não mesmo, elas é que são assim, nunca me aceitaram nem vão aceitar por isso não te aceitam e procuram jogar verde, e te adulam, têm considerações contigo que nunca tiveram comigo justamente pra nos intrigar e jogar uma contra a outra, mas comigo não pega, sei que no fundo são ciumeiras, quantas vezes já não tentaram jogar o

Sylvio contra mim inventando mil histórias, mas eu sei o que valho, sei o que trabalhei quando foi preciso, te lembras não, dei duro, ajudei, meu dinheiro era todo pros gastos da casa, e olha que aquele serviço no banco era estafante, te lembras não do que eu fazia, está provado que os bancos são a maior fonte de neurose que existe, no meu caso seis horas enchendo ficha e me enchendo, certo, quando o Sylvio perdeu tudo o que nos salvou foi o meu emprego, nunca me queixei, é, tu ajudaste mas o que podias ajudar não bastava nem era justo te sacrificares, o que recebes da aposentadoria do papai é uma miséria, o que ganhas com o teu trabalho fazendo tricô não conta, mais distração, pros teus alfinetes, nem se justificava o teu sacrifício quando os parentes dele que tanto lhe deviam, nadando em ouro, nos esqueceram por completo aqueles cretinos e só voltaram a se lembrar do Sylvio na hora em que ele se recuperou, não faz mal, aí estamos de novo, quem aqui faz aqui mesmo paga, deixa estar, mas o que mais me aborrece é que as irmãs dele agora vêm reclamar que eu não devia ter deixado o lugar no banco, lugar bom ganhando bem, que se eu me cuidasse e não desse motivo pra falatórios e ciumeiras...entendeste a maldade não é, e vinha a mais velha —

tudo começou naquele baile de carnaval a Dulce com a fantasia de havaiana dançando a noite toda com o chefe dela no banco; vem a segunda como se não bastasse —

depois na praia sempre davam um jeitinho de ficar perto em longos papos; vinha então a terceira —

"prima" Nelinha viu eles na boate dançando colados enquanto o Sylvio se matava no escritório pra salvar a firma —

entendeste só não

é, larguei e não me arrependo, não havia nada mas larguei porque estava cheia e pra evitar maiores problemas, vê só se quisesse ter um caso com o Maurício iria me exibir assim com ele, não é mesmo, tanto lugar pra gente ir, larguei, eu estava ficando neurótica no banco, imaginas mamãe o que é passar seis horas conferindo fichas, aquele montão de fichas de um lado, as anotações do outro —

com um lápis ia fazendo sinaizinhos nas fichas e nas anotações, certo, certo, certo, errado, de novo certo, certo, certo, certo, certo, até encontrar outro errado, e continuava certo, certo, certo, certo, errado quando encontrava era um alívio, o mais era certo, certo, certo, filas e filas, fichas e fichas, dias e dias, tendo que recomeçar se havia uma divergência, o braço pesando, a cabeça ardendo, os olhos turbados, os ombros doendo, os rins reclamando, o corpo todo imprestável, e precisando recomeçar dezenas, centenas, milhares de vezes, conferir milhões de cifras, fazer milhões de anotações de milhares-milhões de cruzeiros passando diante dos olhos, sonhando com notas a se derramarem, vendo importâncias incalculáveis enquanto em casa se economizavam míseros trocados nas roupas, nos calçados, na comida, em tudo —

mamãe, em tudo, não saíamos pra lugar nenhum te lembras, nem diversão nem passeio, mamãe, te imagina no meu lugar no banco e imagina o que farias quando não houvesse mais necessidade de te sacrificar —

a sala baixa, abafada, as mesas enfileiradas, os telefones tocando, os contínuos correndo servindo cafezinho e trazendo papéis, o ruído intermitente, a poeira se acumulando sobre os arquivos, as vozes sussurradas, os serventes passando, cochichando, os colegas exigindo mais rapidez, o cafezinho, a água gelada, recados, reclamações de clientes, mais fichas pra examinar, cadê o engano, mais papéis nas mesas, dona Dulce a senhora se enganou na ficha nº 345.832, pulou também um número mande avisar o "seu" Zilmar, precisa rever toda a série A-1-B-II, dona Dulce o cliente nº 46.169-5 pediu seu extrato pra conferir, dona Dulce é pra senhora ir falar com o "seu" Maurício, dona Dulce me veja, dona Dulce não esqueça, e os colegas tentando brincar pra aliviar a tensão, e o gerente rezingando, e o Maurício insistindo, e os clientes reclamando um atendimento mais rápido que não dependia dela, estou aqui há quase quinze minutos e meu cheque não foi despachado, já pedi ontem o extrato da minha conta cadê ele vou mudar de banco me queixar pro diretor que é meu amigo do Jóquei, um zunzum indistinto, continuado, num mundo à parte, até o ruído lá de fora ia aos poucos sendo eliminado, quando saíam para o sol da tarde e o ar fresco estranhavam, era como um soco no peito, como se todos estivessem ressurgindo de um túmulo, esfregavam os olhos até acostumá-los à luz, o barulho excessivo irritava, todos pálidos, cabisbaixos, não sabiam nem andar no meio das gentes, tinham que se reacostumar, os braços pareciam repetir sempre o mesmo movimento mecânico, certo, certo, errado, certo, certo, a cabeça rebentava de cifras e números, e importâncias, e referências, e cálculos —

mamãe, é fácil pra quem nunca fez nada parecido achar que devia continuar, um dia não agüentei e gritei pras minhas cunhadas quando elas insistiram nas insinuações de sempre —

é fácil pra vocês que nunca fizeram nada na porca da vida dizer não devias ter abandonado o emprego —

e sabes o que responderam aquelas pestes que nunca trabalharam, elas sempre tiveram o pai e o irmão pra sustentá-las, sugando-os, a mais velha foi depois o marido, agora é a pensão de desquite, a segunda não precisa mais do que o pouco que tem, santarrona metida na igreja, a mais moça tem ou tinha aquele emprego na agência por distração, vivia mesmo era dos presentes do chefe, depois que terminou com ele arranjou outro, em seguida outro, em seguida outro, outros, é, mamãe, me deixa desabafar de uma vez por todas, que já falei tantas vezes nisso que nada, é sempre assim, sempre que quero conversar contigo vens com estas histórias de que já escutaste, que estou te repetindo o mesmo, e hoje já me deixaste te contar, estou tensa, nem imaginas o que vi, foi horrível, tão jovem o estudante, mais uns anos e poderia ser meu filho, me disseram que no Calabouço foi uma sangueira, os gritos, a correria, a polícia cercando, e os tiros zunindo, o rapaz caindo, o sangue, o corpo carregado, a multidão aumentando, eu envolvida, e por que que eu estava ali, sabes, por causa delas, eu não tinha nada que sair ontem, mas elas me perseguem, elas não me largam, que culpa tenho se o Sylvio me implorou depois exigiu que me demitisse, eu estava mesmo querendo sair mas ia ficando, agora ele me dá mesada igual ou maior do que o meu ordenado pras minhas miudezas, tudo está dando certo com o Sylvio, logo iremos pra outro apartamento, de andar, num ponto ótimo, está quase pronto, eu queria mesmo aqui na Paissandu gosto tanto me parece uma rua tão simpática, mas o Sylvio preferiu no Morro da Viúva, dá mais *status* diz ele, e agora vai precisar, temos que passar a receber gente da alta, das rodas oficiais, e uns oficiais, gente que está mandando, vai, é, fica pronto logo, já contratamos decorador, quando tu viste o prédio estava sendo rebocado, agora está nos arremates, no-fundo-no-fundo o Sylvio quer também é dar uma demonstração pros parentes, e tem carradas de razão em mostrar para os que nos abandonaram que não precisou deles pra nada, já está falando até em dar uma grande festa de inauguração, convidar montão de gente, vamos ter tudo novo no novo apartamento, ah, antes que me esqueça queria te falar nisso, não, que novo apartamento que nada, é que agora me lembrei, fomos outro dia na casa da Nelinha, ora que Nelinha mamãe, a filha do tio Lucas, sim-sim, o Lucas da Emerenciana, só vendo mamãe, só vendo o luxo em que ela anda, num chiquê, e está de casa, não apartamento, casa sim senhora, melhor, aquilo nem é casa, mas um palacete, um palácio, um palação enorme, tudo no maior luxo, excesso de luxo até, um certo mau gosto, jardim que não acaba mais, repuxos dágua, árvores e arbustos, decoração que só vendo, móveis finíssimos, três piscinas, como é que pode, como é que esta gente se faz assim tão ligeiro me diga, lembro-me bem que ainda há pouco o marido dela andava pedindo favores numa pinda dos diabos, sim favores, até o Sylvio ajudou ele uma vezinha ou mais, pois bem mamãe, agora esnobando, me contaram que o marido da Nelinha se meteu numa imobiliária aproveitando as vantagens de um negócio de habitação popular, mamata, outros dizem que foi também coisa de empreitadas, construção de estradas, botou um figurão na parada, um milico, tudo bem, o Sylvio outro dia em conversa aqui em casa com o Romildo disse que as maiores facilidades de negociatas se encontram hoje em dia justamente na área de habitação e nas empreiteiras, que a pessoa podendo entrar numa dessas e sabendo se compor em pouco tempo está podre de rica, não sei, mas o que sei é que o marido da Nelinha nem sabe mais o que fazer com tanto dinheiro, é cavalos no Jóquei, é viagem pra Europa, são os filhos estudando nos States, cada um com seu carro importado, é a Nelinha dando recepção em cima de recepção caríssimas, é o marido montando apartamento pra amante, é a Nelinha freqüentando as mais altas rodas, sendo convidados pras festas do mundo oficial, recepções de rainhas, esnobando-es-no-ban-do mamãe, quando fomos lá nos recebeu de mordomo e tudo, é, é mesmo um palácio, beleza pura, percorri tudo, todo ele, ela fez questão absoluta de me mostrar, de um certo mau gosto e exagero bem sei, mistura de estilos, antigo bem antigo e modernoso, mas dizem que tá na moda, o arquiteto é dos mais famosos e careiros do Rio, o decorador um bicha conhecido também foi contratado especialmente com carta branca, esbanjou e não admitiu palpites ficava nervosinho, a Nelinha só se veste pelos melhores costureiros do Rio e São Paulo quando não vai a Paris renovar o guarda-roupa, há pouco tempo para uma recepção qualquer numa embaixada encomendou um Dior ou Givenchy, a gente tem que se identificar pro carro poder entrar num portão todo de ferro e com guarda, depois vem um mordomo todo fantasiado receber a gente, abrir a porta do carro, perguntar todo cheio de mesuras —

posso saber quem deseja falar com madame Nelinha, diga que é Dulce, aguarde por favor —

ela nos recebe feito grande dama, grande dama hein mamãe quem te viu e quem te vê, com ar *blasé* e displicente reclina-se na poltrona fumando na sua piteira de cano longo, chama o mordomo prepare Egbert algo pra bebermos, vira-se, continua na explicação interrompida, não é bem assim Dulce, diz, as palavras escorrendo lentas como se fizesse uma concessão, não é bem assim Dulce, te contaram errado, o ministro disse pro Will, Guilherme agora virou Will, muito reservadamente disse pro Will que na próxima delegação brasileira que irá aos States tratar das negociações em especial da briga do café solúvel o Will será incluído como observador, nada mais justo minha filha, sabes que ele participa agora como forte acionista daquela multi que está implantando uma indústria de solúvel em São Paulo, pois é, o Will é hoje reconhecido como um dos grandes empresários nacionais, afinal lhe dão o justo valor, tem uma visão e uma garra, isto me disse em confidência outro dia o ministro da Indústria e do Comércio, uma visão rara pra defender negociando os nossos interesses, suspira Nelinha, sabes que outro dia o próprio presidente pediu a opinião dele num assunto sigiloso da mais alta segurança nacional, Nelinha nem espera resposta parece que faz favor em dar atenção e esclarecer, enquanto esperamos as bebidas nos leva até a sacada, a vista que de lá se tem é bela, a casa fica pro alto da Gávea, isolada numa elevação, separada do resto, protegida de tudo, no meio dum parque, num recanto de fábula, meio longe sei, a localização não agrada não, só pra quem tem muito dinheiro e não depende de sair pra buscar as necessidades, tem quem faça, mas deve-se reconhecer que de lá a gente divisa a baía toda, o Rio lá em baixo à disposição, o movimento dos carros vistos a distância, pequenas luzes que se cruzam, o mar com barcos e navios, aviões descendo no Santos Dumont, estava já noite, clara, ficamos ali mesmo até tarde tomando aperitivos e papeando até quando o

Sylvio chegou, vimos a cidade ir diminuindo, se recolhendo parecendo encolher, o apagar das luzes nas casas como antes havíamos visto se acendendo aos pouquinhos, o vazio dos grandes espaços, as ruas enormes com raros carros, uma beleza que intimidava, conversamos mais um pouquinho, a Nelinha semostradeira exibindo tudinho de novo, não, era um grupinho pequeno, aquela não mamãe, foi uma espécie de prévia do que seria a grande recepção em homenagem a um figurão qualquer, e também da reinauguração do palácio, ela sempre tem uma desculpa pra dar mais festas, a Nelinha sempre muito amável naquela maneira fingida lá dela, nem te conto, o quê, quem estava, ah, algumas pessoas, não conheces, umas vinte se tanto, íntimas, conhecidas de muito, parentes, gente que a Nelinha precisava convidar mas não queria convidar pra recepçãozona, não mamãe, me entende, me entende, na grande eram pra mais de duzentas pessoas, te falo agora é da prévia, da íntima, já te disse quase tudo gente conhecida, a mulher do Romildo sempre com aquele ar desconfiado me dizendo Dulce não compreendo a tua boa fé os homens são todos iguais não prestam, a irmã da Nelinha aquela hoje loura amanhã morena separada do marido que vive agora com um banqueiro nunca me lembro o nome dele me grudando e insistindo Dulce precisas me visitar, não mamãe, o banqueiro também está separado da dele, o que vive com duas não é o banqueiro já te expliquei que é o professor universitário, este não veio, pois é, e daí, se as duas não se importam o que temos nós com isso, continuas provinciana e com teus preconceitos, o problema é dos três e pronto, tinha também aquela prima do Erasmo, a ruiva vistosa que anda de mão em mão, e que me disse Dulce nunca mais te vi na noite do Rio, ocha mamãe que hoje você está, hein-hein, e ela insistiu, Dulce, isto com um ar muito inocente, Dulce o Sylvio mudou de secretária é, vi ele outro dia com uma bonitona, eu nem me dei ao trabalho de responder, mamãe, estavam lá também as duas irmãs do Will, e não se cansavam de repetir o Will isso o Will aquilo, uma delas levava a filha tão bonitinha em criança como pode ter ficado um troço tão feio, quem mais, ah, sim, a prima do Will aquela mais moça que ia veranear em Florianópolis, uma com quem briguei por causa do Paulinho te lembras, o quê —

o que é mesmo, verdade mamãe, não creio, conte logo, não me diga, por que não me falaste que esquecimento mais besta, não acredito não, claro que sim, me lembro do Paulinho muito bem, o mesmo Paulinho que a Lurdinha e eu disputamos, era um pão, fazem séculos que não tinha notícias dele, tão simpático, tão bonito, bem falante e charmoso, folgadão naquele carrão dele saía por aí caçando numa paquera insana como dizia, era o mais alegre da nossa roda, bebia barbaridade mas era resistente, falava muito e alto, entendia de tudo, ria às gargalhadas, não ligava pra nada, não trabalhava mas sempre tinha grana bastante, é, certo mamãe, certo, diziam que tinha uma fulana casada com um milionário gamada por ele que lhe escorregava uma nota alta, mas a família dele não vivia mal, o Paulinho parecia tão forte, deixa ver, a última vez que estivemos juntos foi numa boate, Sylvio estava sim, eu já casada, dancei com o Paulinho bastante, conversamos relembrando bons momentos antigos mas nossos mundos agora eram outros, bem que ele tentou, morreu como me diga não posso acreditar, matado ou acidente, só pode ser era descuidado no volante, adorava correr, tão arrojado nas suas aventuras, procurava o perigo, não, que horror, quem diria, mais velho do que eu sim, pouquinho, deixe ver, devia ter uns trinta e cinco se tanto, nem isto, mas como foi, me conte com detalhes, coitado, tão cheio de vida, sinto até um arrepio, que morte, matou-se, sempre brincando me dizia que preferia morrer assim num instante de euforia, a gente pensava que era piada dele, ria muito quando falava assim, que morte mamãe, mas era como queria, não, minto, espera mamãe, deixa eu me lembrar, Paulinho me dizia lembro-me bem agora que queria morrer num momento de realização e felicidade plena, quando sentisse que havia atingido o máximo de euforia, e quando será isto e como o perceberás, eu perguntava, intuição, ele respondia, que pena sinto, o Paulinho não merecia morrer assim, não agüento mais mamãe, tumentendes, anh-anh-anh, que pena que dor e eu não quis falar com ele na última vez que nos encontramos, foi numa recepção, tínhamos discutido no encontro anterior, ele queria à força me obrigar a marcar um lugar isolado pra nos vermos sozinhos, tinha tanto o que me contar, eu disse que não, recusei terminantemente —

por que você faz isto comigo Dulce, não faço Paulinho, como não faz, é que nada temos pra conversar, como não temos será que você não se lembra nem um pingo de nossas noitadas tão divertidas, se lembro ou não é outro problema, só que passou, lembra sim como iria esquecer, o lembrar não significa que eu queira ou possa, possa o quê, você sabe, não sei e que mal faz —

me interrompia, me olhava com uns olhos pidões, não-não mamãe, que besteira a tua, mentende, nunca, bobagens inconseqüentes e nada mais, verdade, o quê, absurdo, eu é que não quis, naquela época eu já era, o quê, que prima, o Paulinho nunca teve nada com a prima do Erasmo não senhora, ela é que o perseguia e muitas vezes ele me disse —

será que esta chata não desconfia, não desguia, não desgruda —

ela vinha me procurar como se eu fosse servir de intermediária, então depois que eu me firmei com o Sylvio foi pior e ela chegou a pedir —

Dulce, me convida um dia pra jantarmos juntos o Sylvio e tu, o Paulinho e eu —

ela sabia que o Paulinho andava e continuava gamado por mim mas nada tivemos de sério, tu te lembras daquele nosso caso pouco antes de eu recomeçar a valer com o Sylvio, te lembras hei, ah-ah-ah, anh-anh-anh, e agora quem diria, o Paulinho morto, coitado, e o Sylvio-ah-ah-ah, me perseguindo fulo de raiva gritando —

mato quem eu encontrar metido contigo, te mato, me mato —

era uma tal de matança, sangueira sem fim, ah-ah-ah, anh-anh-anh, morto agora de maneira estúpida o Paulinho, quem diria, me lembro que o Sylvio aparecia lá em casa nas horas mais estranhas, espionando, reclamando, gritando, chorando, dizendo que me tinham visto com o crápula do Paulinho, eu dizia que era mentira enquanto tu procuravas pôr panos quentes —

que nada Sylvio tem paciência a Dulce gosta mesmo é de você e nem tem saído, ela às vezes faz isto pra te meter ciúme e porque é um tantinho desmiolada, pra te aborrecer mas no fim vais ver só de ti gosta de verdade —

ah-ah, tu procuravas me proteger de uma maneira esquisita, sim, não me venhas com esta não senhora deixa pra lá, deixa, anh-anh, coitado do Paulinho quando foi que recebeste a carta contando e porque não me avisaste antes, como eu ia saber, é-é, de Minas, sim, a família de Belo Horizonte, bem, o que continha mais a carta, sim, me lembro, tu conheceste a mãe dele aqui no Rio quando o Paulinho adoeceu e ela veio tratar dele, ela fez questão de te conhecer, não eu, boa pessoa, tradicionalista e quadrada mas boa pessoa, preocupada com as loucuras do filho, querendo que ele casasse e assentasse a cabeça voltasse pra Minas, se unisse a uma boa moça de lá, fizesse as pazes com o pai, um ricaço sócio de indústrias, não mamãe, que insistência, sabes que nunca tive nada mais sério com o Paulinho, gostava dele pra uns passeios, umas brincadeiras, alegrão, sabia agradar uma mulher, tinha pequenas delicadezas que cativavam, a gente ia na Barra da Tijuca nadar e chopear, só isto te juro, ciumeira boba do Sylvio eu disse uma vez que ele ficou trombudo porque eu estava dançando com o Paulinho, é claro que sim, lá no fundo eu continuava gostando do Sylvio, tudo não passou de uma vingançazinha premeditada pra que o Sylvio que andava mais arredio se chegasse e visse com quem estava lidando, pois é, eu sabia até aonde podia ir, lógico, o Paulinho bem que tentou avançar o sinal, talvez até casasse se eu, não, não casava, no fundo queria era voltar pra Minas, acabaria se adaptando, se acertaria com a família encontraria uma mineirona daquelas, a família fazia gosto que ele casasse com uma prima, Vera o nome, ele me mostrou foto, morena e esguia de quem ele me falava, tinha outra foto dos dois na escola, já respondeste a carta, quando responderes manda dizer pro pessoal o quanto senti, o mesmo que fosse alguém muito íntimo e querido, manda as minhas condolências, quem diria, o Paulinho tão saudável, mas é isto a vida, por isto é que te digo mamãe e ao Sylvio devemos aproveitar, gozar enquanto é tempo, veja o estudante de ontem, mas aquelas pestes das minhas cunhadas não entendem, outro dia voltaram com a mesma história, que Nelinha mamãe, elas mamãe, elas, tu não prestas atenção, de que é que nós falávamos, daquelas pestes que estão sempre a interferir na minha vida, e na da minha sogra também, coitada, não deixam ela em paz, nem me deixam, voltam ao mesmo fuxico, porque eu isto e eu aquilo, ganhamos mas pomos fora, entenda-se ponho, não economizamos nada, querem dizer não economizo nada, esbanjam enquanto outros nada têm, outros no caso são elas, onde já se viu o irmãozinho coitado se matando no trabalho pra suprir as extravagâncias de uma louca, elas falando e minha cabeça estourando, explodindo, as minhas enxaquecas estão se tornando mais freqüentes, vejo tudo pela metade, a dor verrumando, penetrando, se instalando, não é só a cabeça, é por todo o corpo, quero ficar no escuro, isolar-me, morrer, ouço também pela metade, anh-anh, e elas ali, agora o tema daquelas pestes é que impeço o Sylvio de ajudar os parentes, ele não os avisa quando sabe de alguma boa jogada na Bolsa ou do aumento dos dólares, mas me diga por que, qual o motivo pra que o Sylvio avise que sabe do aumento do dólar, me diga uma simples razão, avisar pra gente que não merece confiança, não é só o compromisso formal que o Sylvio assumiu com aquele amigo lá do Ministério de não se abrir com ninguém, se a coisa vier a público vai dar muito falatório, comentários e especulações fervilhando, podem até meter o Sylvio e o amigo dele numa enrascada daquelas, sim, fui eu que insisti com o Sylvio pra que não se abrisse, insisti e não me arrependo, lamento que ele não tenha me ouvido, bebeu mais do que devia e resolveu se exibir, e daí, por que não, tenho coragem de reafirmar que insisti com ele e continuo achando que fez uma besteira, não, mentira, te lembra mamãe que quando precisam de mim é Dulce pra cá Dulce pra lá, Dulce-minha-queridinha, Dulce vê se me ajuda, mas por trás estão me metendo o pau, não têm coragem de me enfrentar nem nas nossas piores discussões, insinuam só, a língua de minhas cunhadas destila veneno, não, tu defendê-las não, me perdoa mas não permito, depois do que te fizeram, do que dizem de ti, que se eu sou assim a maior parte da culpa é tua, que não soubeste me educar, que o pobre do papai não resistiu, herança de família em mim, além disto a infância marca pra sempre a vida de uma pessoa, que eu me larguei e tu incentivaste, são tão más mamãe que nem nos avisaram da falência do Carnet Fartura aquela arapuca do Banco Itabira para a qual obrigaram o Sylvio entrar, eu bem que tinha achado muita vantagem, preveni o Sylvio, discutimos, brigamos, não venhas me dizer que adivinharam ou que retiraram por acaso o que tinham lá, foram prevenidas, quando souberam não podiam ter avisado o Sylvio, quando aconteceu o estouro e eu encostei elas na parede disseram que tinham tirado por tirar, mero acaso, vê só, o Sylvio ainda procurava desculpá-las —

que nada Dulce, és tão desconfiada, então elas não iriam me avisar, desconfiada eu é, queriam era nos ver na rua da amargura, ora-ora Dulce não sejas assim, Sylvio tu precisas deixar essa tua boa fé —

não se pode confiar nos outros não mamãe, vivemos numa selva, cada qual por si, que dramatizo que nada, bem sabes que nem vejo novela de televisão, essa parte é tua, a minha é que cada qual se cuide, nem amigos nem parentes, eu sei, aprendi a minha lição bem cedo, o quê, não, nada, é claro, quando posso me defendo com unhas e dentes, não vou deixar que me passem pra trás, não perdôo não, a boa fé do Sylvio não tem limites, é imensa, e eu preciso me cuidar pelos dois, como é, comigo a história é outra tu sabes, reajo, então me atacam por todos os lados, agora vêm com insinuações bestas, sem fundamento, não tem razão de ser não senhora, porque sempre insistes na mesma tecla, te deixas levar, ainda se fossem aquelas pestes se compreenderia, mas tu, a minha própria mãe te deixares enrolar por elas, sei que a tua intenção é boa, das melhores, que não acreditas mas me prevines, só que me exasperas, vê só, quero te contar como as coisas foram, o que aconteceu, a minha angústia, o pavor que passei perdida no meio da multidão lá na Cinelândia, arrastada de um lado pro outro, o doutor Castro sempre diz que preciso de calma —

a senhora precisa de paz dona Dulce —

lhe respondo como posso ter paz, tudo me persegue, se nem tu mamãe me deixas te contar o que passei, interferes, escuta agora, vê depois se não tenho razão, outro dia vieram com insinuações pro Sylvio que eu tinha sido vista na praia sozinha, aí eu gritei o que é que vocês têm que se meter na minha vida, na nossa vida, me digam, e chega sabe, chega, mamãe fui enchendo como um balão, precisava extravasar, elas matraqueando, o Sylvio encolhido num canto, coitado, sem tomar partido mas no fundo me apoiando só que com medo de me apoiar às claras, conhece bem as irmãs que tem, às vezes me olhando meio temeroso quando eu reagia à altura, noutras me pedindo calma quando eu esbravejava, da conversa sobre dinheiro malbaratado passaram pra histórias com os guris que eu não cuidava deles, depois mulheres que saíam sozinhas e deixavam os pobres filhos enquanto iam procurar aventuras, nunca se referiam a mim diretamente, não metam os inocentinhos nas vossas conversas sujas, voltei a gritar, que havia mães que os abandonavam com as babás, depois que eu ia na praia com um biquini minúsculo pra me exibir, ia só, o que era uma mentira deslavada, mas se fosse que havia demais, fui duas três vezes porque os guris não estavam com disposição —

estirava-se na areia, corpo ao sol naquele formigamento, olhos dos homens no corpo suarento, querendo-a, comendo-a, fechava os olhos, deitada quieta, passava óleo de bronzear no corpo todo, lentamente, cariciosamente, percorrendo os braços, o pescoço, a curva do peito, o início dos seios, a barriga, as coxas, as nádegas, olhos seguiam-lhe os movimentos, erguia-se, óleo e suor escorrendo, dirigia-se pra água, levantava os braços, à água fria, arrepiava-se, atirava-se nágua, bracejava, ficava boiando, sempre olhos cravados nela, que a queimavam mais que o sol, na praia outra vez, sob a barraca, dormitava sentindo que os olhos não a largavam, não uns olhos determinados de alguém, mas olhos, entidade abstrata, não-não, concreta, fixa, firme, cariciosa, composta só de olhos, sentia-se possuída por aqueles olhos, nua, nua, dormitava, acordava, espertava, mirava espantada para todos os lados, via crianças, velhos, jovens, levantava-se lassa —

mamãe, havia poucos jovens pois era dia de semana, na praia a maioria velhos e crianças, e as pestes insinuando veja Sylvio o nome da família, e o Sylvio coitado olhava pra um lado, pro outro, abria a boca, fechava, erguia os braços, tentava interferir e apaziguar em vão, acabou saindo pra não falar contra a família e me deixou sozinha no fogo com as três quando a obrigação era defender a mulherzinha, eu só com aquelas víboras, não-não mamãe, tumentendes, chega, eu não tenho obrigação de aturar, afinal a família de quem é, são irmãs de quem, não é pro meu temperamento ficar calada ouvindo as três juntas, só atacam juntas, as mesmas vozes esganiçadas, os mesmos olhares —

já fomos até na macumba pra ver se protegemos vocês do falatório, subimos a Igreja da Glória de joelhos orando e carregando velas, nas segunda-feiras durante um mês fomos na Igreja de Santa Terezinha acender vela em intenção da paz da família —

pareciam pra quem não as conhecesse umas santas criaturas, mas no fundo só pensam no mal vendo tudo deformado e deturpado, sexo pra elas é coisa doentia e proibida, não desligam nunca do assunto, já nem agüento que elas venham aqui, não gosto de me incomodar, não posso me incomodar diz doutor Castro, ir na casa delas é um tormento, a mais velha chata de marca maior, sim mamãe me deixa de uma vez por todas desabafar, desquitada sem se conformar, feia a mais não poder, precisando de homem sem encontrar quem a queira, vou falar sim, me deixa, agora vou falar e ninguém me segura, é isto mesmo, sempre repito o que elas precisam é de macho mas quem vai querer um bofe daqueles nem pagando, a outra também, a santarrona virgem, a mais moça segue nas águas das outras logo-logo não vai encontrar mais quem a queira, não-não, é isto mesmo, tivemos outro bate-boca que só vendo, mas cada uma de nós falava pro seu lado, não adianta, a verdade é que nunca vamos nos entender, o quê, o quê, já te disse que não, inútil tentar uma maneira de convivência pacífica, tu sabes que desde que me deixem em paz não me preocupo com a vida alheia, os outros que vivam como quiserem, estou quietinha no meu canto cuidando da minha vidinha, agora o que não permito é que se metam na minha, não quero e pronto, gasto o meu dinheiro, o meu, freqüento a minha rodinha, me enfurno no meu quarto, vou à minha praia com o meu biquíni ou sem biquíni se assim preferir, compro o que quero pra mim, aquilo de que gosto, cuido de meus filhos como me parecer melhor, o quê, já sim mamãe, estou devendo pouquinho, uns trocados, só daqueles brincos de ouro e diamante, os anéis não, o colar te disse acabei de pagar mês atrasado, o resto não já foi tudo pago há tempo, eu não te disse, disse sim, tu te esqueces, uma hora me dizes que repito as mesmas conversas, te canso, outras que não te conto nada da minha vida, não te informo, entenda-se mamãe, sim, vi um reloginho desses modernos que é uma graça, pechincha, e que não fosse, contrabando claro, não ia ser, contrabando do legítimo garantido, tenho confiança no meu fornecedor, ele sempre me faz a prestação sem aumento nem nada, entradinha pequena, é um italiano que me foi apresentado pela Nelinha, não, os outros dois, judeu e turco, me venderam uísque escocês fabricado em Jacarepaguá, este é um conhecido da Nelinha vai pra mais de três anos, de confiança, italiano ou japonês sei lá, tu viste ele uma vez aqui em casa, o Sylvio sabe muito bem não tenho segredos pro meu marido e o dinheiro vem de onde, não, pequenos não-ah-ah-ah, por que a senhora diz pequenos não, nem pequenos nem grandes, hein, não tenho mesmo creia, juro, quando casamos ficou decidido —

se eu continuar trabalhando e tu sabes que eu quero

continuar embora o trabalho seja aquela chatice do banco, será todo o dinheiro pra eu gastar comigo, as despesas de casa e tudo o mais são tuas, não é justo, afinal quem é o homem da casa, não és tu, agora se eu parar quero mesada pra ter o meu dinheiro —

não está certo mamãe, mas as irmãs do Sylvio não querem compreender que se fosse preciso eu até voltaria a trabalhar, não teve aquele tempo das vacas magras em que vivíamos só do meu ordenado, não teve, me sacrifiquei, e não volto porque não precisamos, o escritório de importação e exportação dá os tubos, exportam não sei que areia e importam com exclusividade material eletrônico pro governo, isto pra não falar no lucro dos dólares, Sylvio da última vez chegou a levantar empréstimo em tudo que era banco, pegou dinheiro com agiotas por uns dias, torrou o carro, num desespero de comprar o máximo que pôde, deu uma tacada que valeu a pena, lavou a égua como se diz, ah é, e as representações mamãe, verdadeira mina, me parece que lidam até com máquinas rodoviárias, compressores, escavadeiras, sei é que de repente tudo engrenou e dá certo, o Sylvio toca logo rende milhões, não fosse a doideira dele na Bolsa que oscila tanto, mas ainda assim vamos indo bem, daí a ciumeira e inveja danada da parentela, pensaram que nos haviam passado a perna na herança, naquela herança do tio do Sylvio —

vocês fiquem com a parte do escritório é bom pro Sylvio abrimos mão, sabemos que vocês precisam mais —

lhe deram o escritório pensando que...sei mamãe, o pai do Sylvio não interferiu, não se mete em nada, mas são as pestes das irmãs, lhe deram o escritório certos de que o Sylvio ficaria com o pior, tão bom e confiante que meu marido é, não sabe exigir aquilo a que tem direito, afinal era ele o afilhado do tio, as minas, o filé foram pros outros parentes, mas deu sorte e o Sylvio soube transformar o pior no melhor e daí pra diante ninguém mais segurou ele a começar por aquele fornecimento pro Governo, houve concorrência ou não pouco importa, e daí mamãe, que ingênua és tu, as concorrências sem um jeitinho não se resolvem não, nada de ilegal que o meu Sylvio não é disto, mas a gente sempre arruma as coisas querendo, uma pequena diferença pra menos ou pra mais, o governo economiza ou alguém ganha não é, agora te confesso isto não me preocupa só do que tenho medo é da paixão do Sylvio pela tal Bolsa de Valores, parece que dá uma doideira nele, não come nem dorme, esquece tudo, se toca pra lá, fica no meio daquela gentarada gritando, gesticulando, avisando os corretores, fazendo sinais cabalísticos, uma vez passei lá pra apanhá-lo tínhamos um compromisso importante, entrei, não entendi nada naquela casa de frenéticos —

o quadro com os números, as pessoas rondando, rosnando, os telefones, gente erguendo as mãos, berrando números, gritando pra chamar atenção, fazendo sinais com os dedos espetados no ar, dizendo tantos pontos, mais tantos, tantas ações, compro, fico, não fico, só por tanto, o ruído dos telefones martelando, as vozes estridentes, as risadas, o suor, as emoções estampadas nas faces contraídas, todos de repente gritando juntos se aglomerando mais parecendo se atracar, são minhas, não, minhas, pedi primeiro, fui eu, dou mais tanto, quero tantas, olhe as ações da companhia...e as do grupo...como caíram, ainda semana passada iam tão bem, anteontem mesmo, não lhe disse que aquelas de Santa Catarina não resistiriam, artificial, não podiam agüentar, mas as do Nordeste sim, e as do Rio Grande do Sul reagiram —

gritei Sylvio, Sylvio, Sylvio, quem foi que disse que consegui carregá-lo dali, o que é agora, me deixa acabar de te explicar, procurei o Sylvio no meio daquela barafunda, parecia o mais alucinado de todos, descabelado, suando, aos gritos, não me atendeu, brigava com os corretores, fazia sinais, brusco, indelicado, estava esperando não sei que resposta, resmungou que eu fosse sozinha, —

anda Dulce, me deixa, vai, vai logo, não aporrinha —

assim mesmo pra todos ouvirem, por aí podes ver a paixão dele, para o Sylvio com toda a ciumeira fazer isto, não é, certo, te lembra que se eu deixei de trabalhar foi só porque o Sylvio exigiu, não sei o que se meteu lá na cachola dele com referência aos meus colegas de banco, que o gerente andava me perseguindo, tolices, mas até que foi bom, eu não agüentava mais o banco não, te juro que estava ficando neurótica, maníaca, me batia uma depressão, só via números, cifras, pilhas e pilhas de fichas a serem revisadas, a cabeça ardendo, tontura, foi bom mas às vezes sinto falta, saudade dos colegas, uma necessidade de sair de casa e espairecer, ver caras diferentes, trancada neste apartamento enlouqueço, mas o Sylvio exigiu e disse —

é definitivo, tens que sair te dou o que precisares pras tuas miudezas mais até do que ganhas naquela porcaria de banco não te quero ver nunca mais nem passar perto daquela agência não precisamos e não permito que minha mulher trabalhe —

eu não queria até insisti, choraminguei, o doutor Castro, não não era ele, era o outro, esqueci o nome, agora me lembro, doutor Cícero, o médico achava que eu devia continuar, talvez mudando de seção mas continuar, terapêutica ocupacional ele disse, o doutor Fernando depois confirmou, terapêutica ocupacional uma merda disse o Sylvio, e ele foi taxativo, fez uma cena daquelas te lembras, acabei me rendendo quando ele alegou que eu não queria sair —

é porque tu andas de conversinha com aquele gerente pensas que não sei não fui informado não —

chorei mais, vê só que infantilidade, é assim que confias na tua mulherzinha que nunca te deu motivos, tá bem aceito tudo o que quiseres largo o emprego mas tenho minhas condições, chorei mais de raiva e ódio, magoada também, eu sabia o que havia por trás de tudo, mas terminamos acertando os ponteiros, aos beijos, aí eu disse pra ele que sabia quem havia feito a futrica, e ainda que eu gostasse do meu sogro não ia mais no apartamento pra não ver aquelas três, Sylvio perguntou por que o pai dele que gostava tanto de mim é que tinha que pagar, coitado, eu disse que era pra não ver elas, meu sogro nem se lembraria de mim, preso à janela do apartamento, olhando pro mar que pra ele era um verde ondulante canavial, o canavial acabou mesmo mamãe, só existe na imaginação do meu sogro, a família se mantém é com o que lhes tocou na partilha do irmão, aquele tio do Sylvio, te lembras que o Sylvio ficou só com o escritório, o grosso foi pra eles, as minas, a indústria, logo se desfizeram de tudo e aplicaram a juros o que rendeu, é disto que vivem e não vivem mal, o apartamento é deles, foi comprado quando se mudaram pro Rio não te lembras do meu sogro contar não, hoje está valendo um bom dinheiro ali naquele ponto de Botafogo, o prédio é velho concordo, mas bem conservado, melhor localizado, e grande, sala enorme que dá vistas pra praia, três quartos, dois banheiros sociais, dependências boas, copa-cozinha, só falta garagem na escritura, é o defeito que vejo nestes edifícios mais antigos, não acreditavam no crescimento da cidade e do número de carros, mas como eles não têm carro não faz falta, sim, no caso de vender desvaloriza, mas me diz pra que vão vender, pra quê, é quase igual ao teu só que o teu é menor, compraste por quase nada pena que seja em Santa Tereza, com estes desabamentos e dificuldade de chegar, que te recrimino que nada, sabias o que fazias, estás satisfeita aí, nós é que sentimos falta de ti mais perto, morres logo nada, forte como um *pero*, os velhos do Sylvio idem, são robustos, o mal deles não é de matar, poder morrer podem quem não pode, basta estar vivo, me, parece que é esclerose cerebral; vivem fechados naquele mundo deles, deixa pra lá, eu tenho os meus problemas que não são poucos e embora sinta pena de meus sogros eles já viveram a vida deles e eu tenho que me cuidar não sei o que será da minha com esta dor de cabeça, estes pesadelos, esta instabilidade, esta angústia que os médicos não explicam nem minoram, tudo me afetando tanto, por isto procuro não me meter na vida dos outros, já me basta a minha, odeio que venham vasculhar a minha, sabes como sempre fui irritadiça, nervosa, sensível, desde pequenina, por isto pouco vou visitar meus sogros, não por eles coitados, mas com medo de que fiquem a me martelar os sofrimentos deles e mais ainda com receio de lá encontrar aquelas pestes, não mamãe, tenho certeza que os velhos estão com esclerose, nada de parecido com aquilo que tu tens ou o que tinha a Luci, o teu é envelhecimento natural, o da Luci era doença mental mesmo, era sim, não adianta procurar esconder só porque era da família, vais querer conhecer a Luci melhor do que eu, parente sim e daí, além de prima minha colega de escola, sentávamos juntas na mesma mesa, brincávamos juntas sempre, saíamos juntas, acabou internada coitadinha, tão bonita com aqueles olhos enormes brilhando muito, os cabelos pretos corridos e lisos, tão viva e esperta sempre inventando brincadeiras, novos jeitos de inticarmos com as freiras que nos atendiam, quantas vezes a Luci fingia-se de tansa pra enganar o colégio inteiro, ela que era a mais inteligente da turma, nas aulas discutia de igual pra igual com as professoras, ganhava delas muitas vezes —

não é assim irmã Gertrudes —

ficávamos todas admiradas onde teria ela aprendido aquilo, outras vezes nas coisas mais simples se calava não sabendo ou fingindo não saber, lúcida pra umas coisas tapada pra outras, tive um abalo tão grande quando soube da doença, fiquei com uma pena, adoeci, fui pra cama, chorava, não, Luci não, ela me surgia menininha do meu tamanho nós duas brincando, logo depois nós duas na escola, recuava de novo estávamos na casa dela na cozinha com a cozinheira esperando a saída da cuca do forno, diziam que tínhamos temperamentos semelhantes, tão parecidas essas primas, e ambas nervosas, irritadiças, aéreas, vivas só pra umas coisas, te lembras hein, em casa ou na escola sem motivo aparente eu desandava num choro, depois sem motivo aparente num alegrão, diziam até parece a prima Luci —

no fundo há uma diferença básica entre o seu caso e o da Luci —

me garantiu um dia o doutor Castro com quem conversei a respeito, só que nunca me esclarece qual a diferença básica, só dizia que no meu devia existir uma motivação externa que ele está procurando, ou estava, nunca mais tocamos no assunto, as nossas sessões acabarão por conduzi-lo ao caminho certo, começou o tratamento um pouco tarde mais ainda em tempo, é preciso ter paciência, eu posso ir me agüentando sob controle enquanto a Luci o que tinha era congênito e irrecuperável, eu sei quando as minhas crises agudas se prenunciam enquanto no caso da Luci deve existir uma lesão cerebral proveniente do que os médicos não sabem e discordam, o doutor Castro por exemplo que nunca a viu nem tratou insiste no congênito ao passo que o doutor Osmar alega uma lesão cerebral proveniente talvez do parto, lesão que se foi aprofundando com o passar do tempo, sim-congênito-que-se-vai-aprofundando-com-o-passar-do-tempo, daí o ter que ser internada, nisto todos concordam, o caso foi se tornando mais agudo até que um dia, te recordas não é, a Luci amanheceu vendo figuras estranhas, ouvindo vozes vindas das paredes, ligava o rádio e só falavam nela, com ela, ia à missa e o sermão do padre só a ela se referia, destratando-a ou indicando pra ela penitências, na rua Luci se virava pra todos os lados e de todos os lados vozes perseguindo ela, insultando-a, tornou-se agressiva, escrevia cartas —

por que me perseguem por que se nunca fiz mal a ninguém meus parentes são os primeiros e os piores sou pura sou santa nunca prevariquei enquanto os maus deste mundo se viram contra mim e os meus não me ligam vou pedir ajuda pra quem pro Papa pro bispo, pro governador, pro delegado, assim minha vida não pode continuar me agridem me cospem na cara me esfaqueiam por que, se nunca fiz mal não adianta fingirem que não sabem eu sei que sabem eu sei um dia ainda vou contar pra cidade inteira só queria saber porque foram na televisão me botar o meu retrato como se eu fosse uma perdida qualquer eu pura eu intocada eu incontaminada me cospem no rosto me agridem me conspurcam os meus parentes aqueles que mais deviam me proteger e guardar contra a difamação do mundo —

até que teve uma crise te lembras e foi internada, só mais tarde fui saber, logo visitei ela não é, como saí impressionada com o ambiente, o casarão no meio do parque sombreado, o silêncio em tudo, os guardas, as enfermeiras, os tipos estranhos que me olhavam, a Luci num camisolão branco e longo, o sol se filtrando por entre a folhagem vinha tocar nos pés dela, a paisagem sem vida em derredor, ela me pareceu uma estátua da desolação, apática, inerme, penso que nem me reconheceu, olhou-me fixo e firme como quem busca lá no fundo, falei, procurei animá-la, lembrei a infância comum, recordei os tempos de escola —

te lembras da irmã Isolina o susto quando entraste na sala com um sapo vivo e soltaste ele depois fizeste cara de santinha, as correrias os gritos, te lembras dos namoricos, o Ulmar perseguindo a gente, o Orlando, o Salomão, o Jorge, tudo em vão, num dado momento senti que me reconhecia, sim, lá no fundo da memória fazia um esforço, tênue luz surgia, sumia, olhou-me, um sorriso leve-leve, Luci se esforçava por recuperar uma migalha, ou eu é que queria rever naquela figura inerme a mocinha bonita e inteligente, tão vivaz e brincalhona, logo tudo se apagou, ela se firmou num cotovelo e gritou, gritou, fiquei apavorada mamãe, a-pa-vo-ra-da, me via ali, de repente não era a Luci mais não, era eu, eu mamãe, eu, tumentendes, mas ao mesmo tempo em que eu estava ali já sentada me forçando por levantar outra vez indiferente a tudo, sem ver nem ouvir, eu estava de pé me observando, saí correndo, durante dias aquela imagem me perseguia, uma depressão, te lembras, ainda agora sinto arrepios só de me recordar, minha cabeça arde, cresce, rola, um pontinho minúsculo diante dos olhos vai se ampliando, centelhas, estrelas faiscantes, foi quando pela primeira vez procurei o doutor Castro, até então eu me tratava com o doutor Osmar, não, teve um no meio, será que foi o doutor Fernando, o nome dele, o nome mamãe, não me recordo, um magricela cheio de tiques, por que me fizeste recordar tudo isto, por quê, eu não queria, eu não podia, eu precisava te contar era de ontem, da loucura que foi, cheguei em casa arrasada, te liguei e ninguém atendia, onde estavas onde, queria te consultar, me acalmar ouvindo tua voz, não localizei nem o doutor Castro, quando mais preciso dele nunca está, começo a me irritar com isso, na casa da Nelinha me indicaram um novo médico, dizque chegou faz pouco dos States onde realizou cursos de especialização, está aplicando uns tratamentos recentes, revolucionários, estou pensando em consultá-lo que achas, não custa nada, não te parece certo, o quê, me diz sim ou não, responde, tumentendes mas tem horas que me irritas com tua mania de não responder claramente ao que te pergunto nem deixar que eu explique, ficas interferindo falando besteira que nada tem a ver com o assunto dizes umas vezes que já te contei e sabes o que vou dizer, noutras que não te conto minhas coisas e quero ajuda, ora, vê só o que foi dar, vê, no entanto eu preciso de ti, como eu preciso de ti cada vez mais, preciso esquecer esta minha vida morna e vazia, sem finalidade, sei-sim, os filhos, os dois guris, me lembro deles e do Sylvio como não, mas se eu sumir será que vão sentir tanta falta assim, e por quanto tempo hein, a paz que agora gozamos me aniquila, que paz é esta, e então me desespero, não sei o que fazer, pareço um caldeirão prestes a explodir, começo a ferver até que me evaporo toda e a explosão necessária não vem, tudo que eu sou ou não sou se esvai no vapor, sugada, volatilizada, então fico largada num canto, não mais eu, não mais sou eu sendo no entanto eu, não quero ver ninguém, entendeste, ninguém, me meto no quarto, tudo escuro, não vejo pessoa nenhuma, não falo com quem quer que seja, penso desaparecer mas vou me refazendo aos pouquinho, readquirindo um precário equilíbrio até que tudo retorna, o ciclo recomeça, logo a roda gira, se repetindo, não sei por quanto tempo resistirei, e qualquer coisa grande ou pequena pode deflagrar tudo, vê aquilo de ontem, porque eu precisava estar lá na Cinelândia, e a gota dágua fez tudo transbordar, é que eu me achava no limite da saturação, me explica se em pequena eu já era assim não me lembro, e não me irrites por favor, claro que procurei espairecer, me afundar numa leitura ou na televisão, não deu, não adiantou, quando pensava que tinha conseguido lá aquilo que não sei o que é nem como explicar ressurgia, interferia, dominava, fui me deitar tarde, tomei três ou quatro comprimidos dos mais fortes, tranqüilizantes dos mais novos que só se consegue com receita e a receita fica na farmácia, virei e revirei na cama, insônia, dormência mas o sono não chegava, queria dormir e não podia, virava revirava na cama, queria dormir, medo de dormir, sabia que seria melhor se não dormisse, se não tivesse dormido, penso que acabei por adormecer, não tenho noção de quando peguei no sono se é que peguei, foi um sono-sonho-pesadelo, um pesadelo onde se misturavam e fundiam passado e presente, realidade e fantasia, eu correndo na Rio Branco, eu nua na avenida Atlântica e eu nua sentada no mercado público de Florianópolis com "seu" Doca que não era "seu" Doca, eu intuía que era ele mas sabia que não podia ser, eu nadando no rio lá de Biguaçu e eu na praia em Coqueiros, eu morta carregada pela multidão e eu nos braços do Sylvio, sim, sei, ora não precisas me explicar, conscientemente eu sei ou deveria saber, mas mamãe há um mecanismo interior mais forte do que nós sempre diz o doutor Castro que não sabemos como e por que funciona e de que maneira é acionado e que cria e inventa coisas calcadas numa realidade deformada que não deixa de ser realidade, concordo que é absurdo, mas será que basta eu concordar pra que elas sumam de vez, me diz, hein, basta nada, não basta não, depois existem elementos permanentes no sonho, no pesadelo, eu correndo sempre nua, algumas vezes homens desconhecidos me perseguindo, eu varada de luzes, eu a ponto de ser violada sem o ser, querendo não querendo, outras vezes eu impudicamente me oferecendo em vielas por onde nunca andei, noutras ainda eu-menina sendo encurralada por uma figura que é sempre "seu" Doca em qualquer situação mas que intimamente me parece possuir traços de alguém muito próximo, não-não, percebes não é, logo tudo some, existem elementos que por mais que queira não consigo tornar presentes, preciso mas não posso, me fogem, e sempre, em qualquer circunstância, as três irmãs do Sylvio, aqui ou em Florianópolis onde nunca pisaram os pés, até em Biguaçu, veja só elas que são de uma fase bem mais recente da minha vida lá estão, em posturas e situações mais esquisitas, as três me espionando e me recriminando, as três me acusando, e nunca o Sylvio aparece, eu procuro ele sem encontrar, o Sylvio que eu necessito, acordada ou em sonhos tento fazer com que o Sylvio se torne presente e participe da minha vida, me proteja e ajude, não adianta, o doutor Castro diz que eu preciso ter paciência, mas paciência como, a verdade é que o doutor Castro começa a me irritar, me cansa, comecei com tanta confiança nele, te recordas, ainda agora me esforço, reconheço que é um amor de pessoa, dedicado, às vezes recupero a antiga confiança, todos o elogiam tanto, especialmente quando estou no consultório e seus olhos se fixam nos meus, quando passo por uma madorna e sinto suas mãos me tocando, suas mãos em minha testa, suas mãos permanecendo em mim mesmo quando me deixam, mas em outras ocasiões quando estamos juntos e ele parece me ignorar me dá uma raiva, penso em abandonar ele e recorrer a outro médico, o novo que a Nelinha me indicou, ou ir a um espírita, outro dia na casa da Nelinha me falaram no Zé Arigó tinha lá uma crente que me disse —

o seu caso nada tem a ver com medicina irmã, você é doente coisa nenhuma, isto é um encosto —

aí eu retruquei que não era mesmo, quem foi que andou espalhando isto, me zanguei, sou é muito sensível, excitada, não tenho paciência com a burrice e a incompreensão, com quem vive falando da vida alheia e se preocupando com os outros, aí a mulher riu e repetiu que era encosto e tinha certeza, não custava ir procurar o Zé Arigó ou num centro, pensei quem sabe, as outras amigas procuraram me acalmar umas rindo duvidosas as outras concordando, a Nelinha disse é isto mesmo Dulce não custa, mas eu acabei descobrindo que a tal mulher era ligadona nas minhas cunhadas, pestes que andam me difamando, dizendo o pobrezinho do-irmão-coitado-não-sabemos-como-ele-resiste, sempre as três mamãe, o que uma faz e diz as outras duas fazem e dizem, repetem letra-por-letra, não há diferença não, se existe alguma é na maneira de reagirem, a mais velha não conseguindo homem, a do meio sublimando como me explicou o doutor Castro, a mais moça se dando inteira e pelas três juntas, o quê, se o caso dela continua, ora se, claro que não, raro o dia que a Teresa não se encontra com o Henrique e as outras duas ficam se masturbando, Raul que nada mamãe, Raul são águas passadas, agora é o Henrique, Henricão pra turma dela, um velhote, ainda enxuto diz ela descaradamente, cheio da grana é que é, não mamãe, a Teresa casada é outra, ah, estou te entendendo mas tu fazes uma mixórdia danada, me parece que era o mesmo Henrique sim, um *playboy* coroa da zona sul, este mesmo, andou metido com uma artista do cinema americano, depois uma vedetinha européia, nos carnavais comboiava *starlets* mas agora prefere a prata da casa, ah-ah-ah, é, isto mesmo, na Teresa casada até dizem que o marido era conivente, são ou eram sócios, ah-ah-ah-mamãe, a senhora é perigosa, tu és fogo, sócios na Teresa é, ah-ah-ah? sócios num negócio de exportação de farinha de peixe, pra que e pra onde não sei, mas ganham os tubos me disse o Sylvio, e as viagens quem fazia, quem faz, é sempre o marido, tens uns maridos por aí que nem te conto, o Sylvio cruz-credo, te arreda tentação, com aquele jeitão dele é fogo, basta desconfiar que eu olho pra outro homem fica uma fera, não tive que deixar o emprego só por ciumeira boba dele não foi mesmo, hoje ganharia quanto no banco me diz, outro dia brincando caí na asneira de dizer que o..., aquele mesmo como adivinhaste, era um pão, o Sylvio ficou uma fera-feroz, então pra inticar ajuntei de dizer que olhar não tira pedaço, pra que, Sylvio se levantou da mesa e saiu da sala emburrado, nem liguei, conheço o meu marido, preciso fazer assim de vez em quando pra ele não pensar que me domina, sim, certo, não abuso, depois ele teve de voltar mansinho, se desculpando, —

que é porque eu continuo gamadão em ti e nem em sonhos, ouve Dulce nem em sonhos —

eu comecei a bancar a durona se não a gente acaba escrava não é, depois amoleci, me derreti toda por dentro, foi tudo tão bom, nós dois juntinhos na sala escura aos beijos parecia um casalzinho de namorados no maior fogo, outra vez, te contei não contei já quando na rua íamos passando em plena Copacabana —

noite, calorão, ali perto da Galeria Alaska, eu com um vestidinho leve e transparente, transpirando, descíamos em direção à praia, a gente estava em dúvida entre um cinema refrigerado e um chope num bar do calçadão, paramos diante de uma vitrine na galeria ainda resolvendo, tinha ali um alguém que nunca vi mais gordo nem voltei a ver, ficou me comendo com os olhos pidões e enormes descaradamente, eu sentia arrepios, os olhos me despiam, começavam na minha cabeça, desciam pro pescoço, pro rosto, pros lábios, pros seios onde se demoravam, pras nádegas, pras coxas, pros pés, subiam de novo demorando-se no ventre, nos peitos, no rosto, olhava-me no rosto, olhos nos olhos, eu queria afastar os olhos não podia, depois na boca, nem que eu estivesse sozinha, o Sylvio notou é claro, me fez sair dali, mais adiante queria porque queria saber quem era aquele sacana me diz, quem era e donde eu conhecia ele repetia fulo, eu dizia não sei nunca vi, e porque te fazia sinais, que sinais tu estás ficando doido varrido, estou é, me irritei sim estás e não é de hoje, então me explica Dulce se há lógica um fulano vê uma mulher com um homem ao lado e fica cozinhando ela como se estivesse sozinha ou fosse uma puta, eu sei mas posso proibir os homens de me olharem posso, poder não podes mas se não há nada e a mulher não querendo, ah então agora é assim o senhor quer dizer seu Sylvio que eu provoco procuro eu, não quero dizer isto quero saber é de onde tu conhece ele me diz —

te juro mamãe que nunca vira o tal homem antes e nunca mais o vi, o Sylvio não queria acreditar, não acreditou, agora imagina se ele descobrisse que eu naquela noite sonhei com o tal homem, um sonho erótico que me deixou envergonhada, o certo é que a noite acabou pra nós, atravessamos a galeria correndo, o homem nos seguindo, Sylvio quis brigar não deixei, chamou o primeiro táxi olhando sempre pra trás pra ver onde o homem estava, me interrogando sempre nos tocamos pra casa, de repente emburrou diante da minha negativa categórica, entramos no apartamento ele sem dizer palavra, assim foi até a gente ir dormir, eu também acabei me aborrecendo, onde já se viu não é, olha mamãe minto quando te digo que nunca mais vi o tal homem, vi com nitidez naquele sonho esquisito —

o homem me perseguindo, num dado momento a perseguição acabou e já não estávamos na avenida Atlântica mas num restaurante, eu sentada sozinha quando ele chegou, sentou ao meu lado naturalmente sem pedir licença, não nos falamos, ficamos nos olhando, os mesmos olhos pidões, ele ria, me tomou as mãos, encostou o rosto no meu e logo estávamos no mercado em Florianópolis, na barraca do "seu" Doca só que não era o "seu" Doca, só nós dois, foi me despindo peça por peça eu não reagia, era um *strip-tease* estudado, lento, sensual, sexual, o homem à minha roda, tomando uma bebida cor de sangue e me despindo, ou eu me despindo, ajudando ele, ele me olhando desnudar-me, tirei o *soutien*, ele também estava nu, nu com meia de risca dourada num pé, cabeludo no peito, suando e me observando, o sexo empinado explodindo por entre tufos de cabelo ruivo, acabei de me despir, fiquei de pé sem me mover, ele também não se movia, copo na mão bebericando coçando o pescoço com a outra, as veias saltadas do pescoço latejando, a meia listada no pé, um tempão assim, indiferente, de repente atirou o copo e me agarrou penetrando-me com fúria, mas já não era mais ele não, parecia-me outra vez o "seu" Doca, não, eu percebia que devia ser o "seu" Doca, melhor, eu queria que fosse o "seu" Doca pra não ser, não-não, ele não, o rosto mutável, o rosto transmutava-se, eu queria dizer alguma coisa ou então fugir dali, os pensamentos vinham em tumulto, o homem de novo me ignorando, indiferente, eu ansiosa, ignorando-me o que feria na minha vaidade, logo pensei e se o Sylvio aparece agora eu que lhe jurei que nunca vira este homem, mas como se o Sylvio não existia em Florianópolis, foi como se o pensamento tomasse corpo e o Sylvio postou-se entre nós dois, também nu, só me olhava, balançando a cabeça me olhava enquanto os olhos me diziam tudo, eu queria explicar não é o que estás pensando Sylvio não é acredita, queria esconder o sexo com as mãos, os seios, mas de que adiantavam minhas explicações diante do fato concreto que era eu ali nua juntamente com o homem nu em pleno mercado público de Florianópolis, Sylvio se esforçava por dizer alguma coisa mas a voz lhe falhava as palavras não vinham, forçou, engasgou, Sylvio eu gritei, tu Dulce me disseste que não conhecias ele e nunca tinhas visto ele acreditei em ti, e foi só voltou a calar, não era uma recriminação mais uma queixa, pensei com alívio ainda bem meu Deus ainda bem, bem o quê, melhor se Sylvio estivesse indignado, tenho mais medo dele assim, lá no fundo eu pensava outra coisa, via o homem sempre indiferente e o Sylvio me agredindo, e foi como se meus pensamentos se materializassem se transformando num fato, sentir o chicote zunir, um chicote que a gente tinha em casa lembrança do amigo dele que gostava de corrida de cavalo, o chicote atingiu-me nas costas, no ventre, uma, duas, três vezes, gemi-gritei, nova chicotada me feriu o seio esquerdo, uma gota de sangue quente, depois outra, ambas pingaram no chão, a terceira escorreu lenta até o umbigo ao mesmo tempo em que nova chicotada vibrava, o homem não se mexia, gozando, sexo rijo empinado, ele gemia, era de novo ele, estávamos no restaurante vazio que se mudava num quarto, gritei enquanto ele parecia mais gozar com a cena, gritei, o suor escorrendo do rosto contorcido do Sylvio, um suor de sangue, gritei me larga, pára, me larga, debatia-me, alguém me agarrava, me sacudia, eu chorava me larga Sylvio, me larga, chega, explico tudo juro não é o que imaginas, explico, acorda Dulce, a voz distante custava a furar o bloqueio e chegar até mim, acorda Dulce, banhada em suor e sangue, sujo sangue, lágrimas escorrendo lá estava eu tentando voltar e o Sylvio tentando me consolar, queria saber o que fora, disse pra ele à medo não me lembro de mais nada Sylvio um pesadelo horrível, aquilo me perseguiu durante dias, doutor Castro o que pode ser eu perguntei e ele veio com explicações psicanalíticas que não me esclareceram nada, não sei por que pouco depois o Sylvio sem motivo voltou a me falar no tal homem, indignei-me, teria eu dito alguma coisa em voz alta, acabei me aborrecendo onde já se viu eu sem culpa tendo que me desculpar e ouvir recriminações —

mamãe pois não é, se a gente se curva acaba como a pobre da Ruth, uma santa criatura e no entanto, tu não sabias não, ela não que coisa, o patife do marido, a pobre da Ruth se mata em casa parece uma escrava não sai nunca a não ser pro serviço na Secretaria da Fazenda, tem o apartamento que é um brinco, sempre teve a preocupação da limpeza aquilo já é mania não pode ver um pingo de poeira que se mete a esfregar, pois bem tudo é pouco pro pilantra do marido, não se pode fazer um barulhinho porque ele precisa descansar, as crianças têm de ficar quietas, e enquanto a pobre da Ruth se sacrifica assim o santarrão do Emanuel monta casa pra artista de tevê, aquela do programa das onze é, loura enxerida artificial, tudo nela é artificial, o busto, os supercílios, o cabelo, as unhas, as pestanas, a cor dos olhos, como não mamãe, tenho certeza certa das duas coisas, de que tudo nela é artificial e de que o Emanuel montou casa pra ela, vão passar fins de semana em São Paulo ou Cabo Frio, já foram vistos juntos passeando de mãozinha, quando ela vai se apresentar na tevê paulista o Emanuel dá um jeitinho e vai também trabalhar a chamado da firma vê só o chamado sempre coincide, aqui também saem juntos, ele passa dias sem dormir em casa, não dá a devida atenção à mulher, que desculpas inventa não sei, ora como sei disto, sabendo, como é que se sabe destas coisas mamãe, tem mais, quando volta cansado do trabalho ou da viagem inventada, vê só que descaramento, a Ruth se preocupa toda, vai lhe fazer superalimentação, é comidinha daqui, é caldinho dali, é fortificante pro coitado, os meninos não podem aborrecer o papaizinho, uma pândega que só vendo, a coitada da Ruth se mata e a outra aproveitando do bom e do melhor, não, há muito que não vejo a Ruth, me disseram que está um trapo, acabada, na casa da Nelinha foi que tive notícias, preciso ir visitá-la, me garantiu a Nelinha que a Ruth está envelhecidíssima, magra, a última vez que vi ela ali na praça José de Alencar já caminhava pra isso, os trabalhos, as preocupações, te cuida Ruth somos quase da mesma idade mas pareces ter o dobro lhe disse, ela se riu, as rugas apareceram maiores, caricatura da antiga Ruth, te lembras mamãe, era um tipinho, *mignon* bem engraçadinho, nada de mais, verdade que as louras envelhecem depressa, não bonita nunca foi concordo, meio desengonçada até mas engraçada no jeitinho dela, espontânea e esportiva, sempre com uma resposta na ponta da língua quem diria que ia se anular assim, eu é que poderia, te lembras quando me apaixonei pelo Emanuel, ele mamãe, que ele, eu é que larguei ele, vê só a Ruth que gostava de dançar não perdia carnaval, adorava bailes e boates agora nem pra fazer compras quase sai de casa, é o que se vê, metida a cuidar da filharada, se preocupando com a saúde do Emanuel, me parece que de finanças vão bem, ele ganha bastante tem dois bons empregos num nem vai, depois a herança da Ruth não foi pequena mas se ele montou casa pra outra e se ela o suga como dizem não deve bastar não, agora anda envolvido com agiotas, qualquer dia telefono pra saber notícias da coitada da Ruth, éramos tão amigas, o tempo vai separando a gente, ela a Luci e eu, veja só, sempre estou pra telefonar mas recuo, a Luci está como está, a Ruth desse jeito, o que julgas que sou pra lhe tocar nisto mamãe, nunca, tenho pena certo, mas o assunto morreu entre nós duas tumentendes, só contigo me abro, depois nem sei se irei lá ou se ao menos telefono, fico dizendo que telefono mas na hora recuo, a experiência que tive com a visita pra Luci bastou, me marcou, foi horrível, tão horrível quanto o que vi ontem, o pobre estudante jogado de um lado pro outro enquanto a multidão corria perseguida pelos policiais, não sei se terei paciência de ouvir a Ruth falando dos filhos crescidos e do coitadinho do Emanuel que se mata por ela e pelos filhos, atravessa noites debruçado sobre os planos de...eu sei bem debruçado onde, viaja tanto, ele que adora ficar em casa diz ela, e a Ruth insiste que de boa fé ele acaba sendo passado pra trás, mamãe não sei como alguém pode ser tão cega não é, posso acabar dizendo alguma coisa que não devo, melhor evitar, não vai adiantar nada não, não tenho como ajudar nem vai resolver o problema da Ruth que não quer ver, pelo contrário, pode tirar o pouco de ilusão em que ainda vive, às vezes me parece que ela sabe, procura é se iludir, ou aos outros, não se separa porque não teria como se manter e aos filhos, não teria mamãe, os empregos do Emanuel são bons mas instáveis, a herança se foi, mesmo que pela justiça ela tivesse direitos à tal de pensão amanhã ou depois ele poderia estar desempregado e daí, não teria de onde tirar o dinheiro, sim o dela, da herança, foi gasto, torrado, jogado fora, evaporou-se foi sim, foi mesmo, assim ela vai se agüentando e pensa, se é que pensa, que um dia ele abandona a outra, que não passa de uma aventura ligeira, mas ao que sei a coisa está durando, os outros casos eram de dois-três meses, mamãe, o que mamãe, hein, nunca, porque insistes se sabes que não é verdade, em solteira tive meus namoricos, meus casos, minhas aventuras inconseqüentes como todas as da minha turminha, nunca escondi nada de ti, vê a Luci, a Ruth, a Nelinha, a Matilde, te lembras da Matilde te lembras, pais riquíssimos, tinha um de tudo, que teve aquele tão trágico fim assassinada pelo amante diante do marido, ele queria que ela escolhesse um dos dois mas já prevenia que o um só podia ser ele, ela escolhe o marido não acreditando nas ameaças, páginas e páginas nos jornais narrando tudo, ora, porque dizes isto eu aproveitei sim não nego, o Sylvio sabe mas depois que me casei não, ninguém tem o que dizer de mim, por que duvidas me fala, por que finges não conhecer a tua filhinha, se tumentendes tão bem, só tu não é mesmo, nem os médicos, juro, podes crer, pode ser que sim não nego, qual a mulher mesmo realizada sexualmente com o marido que uma vez ou outra na rua num clube num cinema numa festa numa situação qualquer num encontro casual mesmo inconscientemente não acha fascinante um homem e pode até sonhar com ele, noutras vezes é um artista de cinema de rádio de tevê, mas não passa de sonho irrealizável, certo, pode ser, mas é só isto só, nada mais, contigo não aconteceu não, o quê, então não me lembro, me lembro muito do bem, agora entendi ah-ah-ah, entendi, tu mamãe és fogo, do bom, que nada, que nada, lhe chego perto coisa nenhuma quem foi que disse, tenho ainda muito que aprender, perto de ti nem entrei no jardim de infância, o quê, o quê, vão bem, ótimos, otimérrimos mesmo, o Marquinho cada vez mais levado, brincalhão, me deixa numa roda-viva, mas eu vou levando, está indo bem na escola, pré-primário, começa a desenhar as primeiras letras, muito compenetrado nos estudos dele, agora tudo tão diferente com o Durvalzinho que começa a se mexer também, tem outro temperamento, passa as manhãs no parque, é moleque de marca maior, tão engraçadinho muito mais que o Marquinho, lembra pelo tipo e pelo temperamento o nosso primo, é mamãe, aquele mesmo, mania tua de taxar tudo de xodó, quantos anos mais velho do que eu dava quase pra ser meu pai nos visitou umas poucas vezes depois sumiu, é isto, embarcado, piloto da marinha mercante, saí umas vezes com ele pra mostrar a cidade que ele não reconhecia, fomos numa boate, noiva eu sim, casada não que mania a tua, noiva, nunca mais vi ele, me parece que não voltou pro Brasil depois de 64, me escreveu do Japão, depois do México dizendo que a barra estava pesada estavam querendo prendê-lo se voltasse ele era de esquerda, não tinha nada a ver com o governo do Jango mas não negava suas idéias e participava de movimentos sindicais por isso foi acusado de atividades subversivas e enquadrado perdeu o emprego mas conseguiu escapar, largou tudo e se mandou parece que se refugiou numa embaixada até conseguir viajar pra fora, como sei de tudo isto, sabendo mamãe, e tu também sabes, não te lembras ou não queres te lembrar mais daquele dia aí na tua casa quando a irmã dele, a Ruth mesmo, nos contou tudo, sentida, tinha acabado de receber carta queria que o Emanuel que tem relações boas na política atual se mexesse mas ele recusou alegando que agora a situação mudou e influências não valem, sem se lembrar do quanto havia apelado pro...pois não é, vês só como eu sei, não, nunca eu disse isso, nunca-nunca, ora, me deixa por favor, me larga sim, desgruda, é isto, agora te sentes agastada mas vê só te telefono pra espairecer um pouco, falar do ontem, bater um papo ameno, sair da minha fossa, te contar o que sucedeu, a noite de cachorro que tive depois do que presenciei e tu em lugar de procurares me ajudar vens com insinuações sem pé nem cabeça, me fazes recordar acontecimentos ruins, duvidas de mim, que opinião fazes e tens afinal da tua filhinha hein me diz logo, me diz anda se não desligo, e não mete o Sylvio na história não, o Sylvio me conhece bem confia em mim, meu marido anda cada vez mais brabo é com a família dele e sentido contigo que não apareces, agora percebes porque também se zanga contigo e também eu, mas o bom coração do Sylvio faz com que a zanga suma logo, não, com a família dele é o contrário, cada vez se irrita mais, te contei a última história não contei, andam enchendo a cabeça dele com casos inventados a meu respeito, tudo mentiras infames, mesquinharias, e ainda vens tu por cima, logo quem, minha mãe, como se não bastassem aquelas três pestes, sei, estás me prevenindo pro meu bem com a melhor das intenções, é o que elas também dizem, só que vão um pouco além, que o coitado do irmão não merecia a má sorte que tem, que o coitado do irmão, bom partido, requestado por moças da melhor sociedade se deixara levar por mim e agora mais isto e mais aquilo, que o pobre do irmão tinha uma mulher que não o compreendia, se matava e a mulher a esbanjar, quando não me dizem diretamente na cara vêm com insinuações ou falam pros conhecidos comuns sabendo que vai chegar aos meus ouvidos, outro dia a Nelinha me telefonou queria saber o que está acontecendo tinha ouvido uma conversa no cabelereiro da mais moça, quem era o fulano com quem eu havia saído e sido vista na Barra da Tijuca, eu que no tal dia estava de cama com uma enxaqueca braba numa das minhas crises doente de verdade queria morrer, o doutor Castro tinha acabado de me deixar recomendação de repouso absoluto, o corpo todo doído, um mal-estar sem nome, a cabeça pesando, e a Nelinha fez questão que a Benwarda me chamasse começou toda amável com aquela conversa hipócrita que eu conheço de quem não quer nada, perguntou por ti —

tua mãe sempre disposta há séculos que

não vejo também enfurnada ninguém faz ela sair de Santa Teresa não sei que encanto encontrou ali e os dois guris sempre com saúde levados crescendo fortes e sadios precisas trazê-los aqui pra brincarem na piscina vem uma tarde depois o Sylvio quando sair do trabalho apanha vocês, assim a gente tem tempo pra conversar e saber das novidades, e o Sylvio como vai me conta Dulce, quem me deu notícias tuas outro dia foi a Tereza tua cunhada te viu na Barra —

eu mal podendo responder, esperando, sabia adivinhava o que viria, tinha certeza, conheço esta gente toda, mal me agüentava de pé mas se me negasse a continuar ouvindo seria pior, ela sairia dizendo que eu me recusei a ouvir, de repente como quem não quer nada a Nelinha entrou com o veneno dela, eu fiz que não entendi, não queria dar o gostinho de desligar, agüentei firme, ela insistiu —

a conversa com a tua cunhada foi num encontro casual e por acaso também na hora passou por ali aquele mídia da agência e logo a Tereza se assanhou e me falou que vocês —

nada mamãe, besteira, eu agora queria desligar mas com medo, sabendo que não podia e não devia, tinha certeza que se desligasse a Nelinha ia sair por aí a inventar que eu temia enfrentar o assunto, ligaria logo pra aquelas pestes depois pra meio mundo, procurei mudar de assunto com tato, desviar a conversa, que nos últimos tempos eu não estava saindo de casa por recomendação do doutor Castro, falei então no palacete dela quando ficaria pronto pra festa de inauguração, foi o remédio, ela me convidou pra uma festinha antes, só pras pessoas mais íntimas e amigas, disse, os parentes, tudo rápido eu percebia pra voltar logo à fofoca, ao tema preferido, insisti e a recepçãozona vai ser quando, aí ela disse que a festona grandona não sabia ainda não, bem depois, dependia de tantos detalhes, arremates, o decorador não terminava nunca, não havia dinheiro que chegasse, —

minha filha já gastamos uma fábula e o Will sempre a conseguir mais, agora vamos até o fim precisamos tens que ver está ficando um brinco, vocês serão convidados é claro, o nome do Sylvio já está na lista, estou exausta com os preparativos vai demorar mas eu quero Dulce preparar tudo com bastante antecedência pois o que vem de gente importante tu nem imaginas, por isto o acabamento tem que ser o melhor, contratamos os melhores operários e não adianta, uns remendões, todo material de primeira desperdiçado, a grande maioria das coisas importada, os lustres, os cristais, as louças, os mármores, os tecidos, cortinados e atoalhados, e afora a dificuldade na parte final do acabamento no interior, estivemos até pensando em contratar gente de fora pra arrematar, a gente sempre querendo prestigiar nossa mão-de-obra mas não adianta —

a Nelinha me dizia, e grudou-se no assunto que a apaixonava, foi assim que se entusiasmou e me esqueceu, deixei ela falar mais um pouco sem dar muita atenção e acabei podendo desligar e voltar pra cama sem que ela se lembrasse do resto e gritei Benwarda não estou pra ninguém estou doente, repeti, pior, e me fechei no quarto, sabendo que a Nelinha voltaria à carga na primeira oportunidade, atacando de novo, imagino como tudo começou, a Tereza deve ter falado no Sylvio e nos gastos que faço —

Nelinha nem imaginas temo pelo futuro das pobres crianças e do relacionamento dos dois a Dulce é uma desmiolada pois não é que outro dia vi ela na Barra acompanhada —

o tom em que dizem isto eu sei, até parece que meus filhos são uns enjeitados e eu não páro em casa na rua com homens, depois como quem não quer nada entrariam, oh mamãe, as três são uma tu sabes que sempre é assim que me refiro a elas, que importa se só estava a Tereza, nem me lembro do nome das outras duas, são Tereza as três e pronto, bolas, sim mamãe, como quem não quer nada entrariam no assunto que é idéia fixa delas, que eu não presto, não estou à altura do irmão —

nosso mano se deixou levar a Dulce agarrou o Sylvio à força, enganou-o, colocou-o numa situação que ele foi obrigado a casar e nem assim ela soube ser grata e se comportar, tu sabes Nelinha o Sylvio poderia não ter casado e daí —

deixam em suspenso, mas mamãe, tumentendes, quem foi que obrigou o Sylvio a casar, eu não, ele casou porque quis e insistiu, nós nos gostávamos e ainda nos gostamos, te lembras eu não queria, mas as pestes não compreendem nem perdoam, falam de mim e dos meus gastos sem se lembrarem do tempo que sustentei a casa com meu salário do banco, não se lembram do estouro do Carnet Fartura, do Banco Itabira, da queda dos títulos, da falência daquela indústria onde o Sylvio tinha jogado nem sei quanto em ações, comprou instigado pelo então marido da mais velha, mas o Sylvio soube se recuperar em pouco tempo, e agora eu quero viajar, gozar a vida, ver coisas, conhecer lugares, aproveitar bem antes de envelhecer, ainda bem que casei cedo foi a única vantagem mesmo, me amarrei quando poderia ter tantas oportunidades na vida, não estou me queixando não, é verdade, só constatando, quero agora conhecer mundos, me largar, já disse pro Sylvio que vamos pra Europa, América do Norte, Índia, Japão, lugares exóticos, aproveitar o que posso enquanto não fico uma velha coroca aí não tem mais graça não é, não entendo estas viagens de gente idosa caindo pelas tabelas, saindo das conduções para os hotéis sem ânimo nem disposição, outro dia vi na tevê um filme de viagens era um casal romântico em lua-de-mel, fiquei imaginando eu ali, novas emoções, novas sensações, novos conhecimentos, novas amizades, me projetei mamãe, e logo estava viajando —

Veneza, as gôndolas, minha mão na água, os canais, os gondoleiros, as vozes, a música, os velhos castelos, depois Nova Iorque, o movimento trepidante, agora Paris à noite, os bares de Paris, os cabarés de Paris, os apaches de Paris, as noitadas de Paris, o Sena e a Rive Gauche, eu dançando com um apache, eu me perdendo pelos becos, mas já era na misteriosa Índia num outro mundo longe deste meu mundo burguês e insosso —

não é mesmo, retornei pro Rio com o Marquinho choramingando, que é que queres, gritei, sai daqui não me tires do meu...depois me arrependi, abracei ele, beijei ele, queridinho da mamãe, o que é queridinho, o choro parou, mamãe não concordas que a gente precisa espairecer talvez até eu melhore, o Sylvio já aceita a idéia diz que é pra se esperar o momento oportuno mas eu estou tentando convencê-lo pra antecipar a viagem, o momento oportuno é aquele que a gente quer, internamos os guris num bom colégio, vamos passar fora uns quatro-seis meses, agora podemos o Sylvio está bem temos que aproveitar logo pode haver uma reviravolta não é, com as loucuras dele, o doutor Castro aprova e recomenda a viagem, mudança de ares me disse que pra mim seria o ideal quando fui consultar a respeito, é bom respirar outro ar, o Sylvio já tinha concordado quando eu disse vamos antes que outro baque te arruine e engula de novo as economias, ou a inflação, o Sylvio começou mesmo um curso intensivo de inglês, o trivial chega pois hoje o inglês domina o mundo, com *money* tudo se consegue e mais uns *thank you, yes, very beautiful, only coffee, do you know, I like,* quando o Sylvio foi contar os nossos projetos pras irmãs já deves imaginar que bicho deu, fizeram um escarcéu que era um despropósito, aí não resisti, te contei outro dia não contei, peguei elas juntas, encurralei-as na sala não me importei que minha sogra e meu sogro estivessem presentes, até fiquei contente e gritei com elas, disse-lhes boas, as últimas, ouviram tudo que possas imaginar, que não tinham de se meter na minha vida, cuidassem da delas, que se cuidassem comigo eu um dia ia explodir, que se fosse pra interferir e lavar roupa suja na rua iam ver e não sei onde se ia parar, elas retrucando é claro, uma balbúrdia, mas eu não lhes dava tempo nem escutava o que diziam, aos gritos que varavam a sala reboando, minha sogra se refugiou na cozinha, meu sogro, coitado, tão quieto e bom como o papai, lá na janela dele procurando se isolar do mundo, queria sumir no seu mundo particular, por fim virou-se, nunca o tinha visto assim, levantou a bengala que o acompanha sempre, gritou —

calem-se, CALEM-SE suas cadelas, todas vocês, TODAS, e rua, pra rua já, todas pra rua, o que querem aqui, o que querem mais aqui já não basta, não bastou o passado me digam —

espumava, gaguejava, repetia-se, repetia não basta já, cadelas, queria ir adiante e não podia, eu me encolhi num canto intimidada, nunca o vira assim, minha sogra tremia correndo da cozinha o tricô desfiando-se atrás dela, agulhas paradas nas mãos, olhos fixos no rosto do marido, depois na tevê que ela deixara ligada, as três pestes iam recuando acovardadas, a bengala zunia no ar, ia e vinha, varria a sala, derrubava objetos, de repente pareceu faltar-lhe fôlego, baqueou, um som surdo, ficou estirado, imóvel, olhos abertos, respiração entrecortada, bengala inútil ao lado, minha sogra foi a primeira a acorrer e socorreu ele, parecia estar à espera de que algo semelhante ocorresse, nem me olhou nem olhou pras filhas, eu me aproximei também mas não me deixou tocá-lo, nem as filhas, nem, que ali ficaram rodeando-o, ela abanou-o, limpou a baba que formava borbulhas no canto da boca, o suor que porejava da testa lento, escorria em fios para o pescoço, ela foi na cozinha e voltou com um copo dágua, borrifou-lhe gotas no rosto, fez ele beber uns goles, aos poucos meu sogro foi se recuperando, olhava pra sala sem reconhecê-la, eu sentia, sim, escuta mamãe, eu sentia o que ele pensava, não sei explicar mas eu sentia que ele não estava ali, estando, estava era na sua fazenda em Campos —

sentado no alpendre da casa grande, entardecer, o sol descambando, olhava a criadagem que se movia admirando o canavial lá no fundo a se perder de vista, um mundo antigo e pra ele mais autêntico ressurgia —

mamãe, eu sentia uma pena profunda tão grande, uma pena mamãe, não entendia por que ele não largava tudo e voltava, mas voltar pra onde, eu compreendia bem sim, compreendia que a volta se tornara impossível, não reencontraria mais nada daquele mundo que deixara e que só existia em sua memória e imaginação, disso ele tinha, sem querer ter, consciência e bem no fundo temia uma volta que desejava, temia-a mais do que tudo, nem para uma visita retornara a Campos, a Campos dele vivia-lhe agora na imaginação, nas recordações onde tudo era embelezado e melhorado pela distância, revia não as usinas decadentes dos derradeiros tempos mas as chaminés fumegantes de sua época de criança e moço, procurava recriar, reconstituir, e reconstruir o mundo à sua semelhança e desejo, lembrava e tentava guardar o que o adulto e velho não queria perder nunca —

eu tinha tanta pena mamãe, e uma dor funda me envolvia e me tomava as entranhas, sabes como é, um queimor de dentro de mim toda, que subia e me tomava, apertava-me o coração, aquilo me atingia como se me pertencesse, é me pertencia tumentendes, uma ânsia, uma angústia, não-não, o que é, tens razão-sim, mais forte do que eu, porque me martirizo com o irremediável se já tenho os meus problemas que não são poucos nem pequenos, por quê, é mesmo, afinal não te disse até agora quase nada do que queria, escuta então, tens ainda um tempinho tens, pouquinho só, prometo não me desviar, preciso desabafar, escuta, agora não por favor, deixa os teus casos que são menores pra outra hora, pra amanhã, vens jantar comigo não vens, é, amanhã, mas agora me deixa falar, me deixa, é isto mesmo, tu também não achas não, ora me deixa então contar, explicar, não me interrompe mamãe, não me INTERROMPE POR FAVOR, foi ontem de manhã que começou, de tarde então tive de sair não me agüentava mais no apartamento, fiquei tão indignada com o que aconteceu pela manhã que mal engoli o almoço me senti mal precisei sair, e aí deu no que deu, foi horrível, não sei como me contive massacrada no meio daquele povaréu, quase estourei mesmo, e quando te digo estourei é porque tu me conheces muito bem e sabes como é, te lembras hein dos meus estouros de pequena, eu gritava, eu esperneava, eu me atirava no chão, eu batia os pés, eu me revirava —

Dulce pára com isso —

tu dizias, que pára, eu quebrava coisas, não sei o que me dava, chispava pra trás pros fundos do quintal perto da praia ia gastar a raiva correndo ou em pescarias, outras vezes me jogava pro mercado a remexer nas coisas feito moleque até me recuperar, voltava tarde impedindo que tu ou papai se aproximassem quando ficava num canto emburrada calada durante horas, não é, não adiantava me agradarem porque era pior, o papai, coitado, tão bom, tão calmo, tão, fugia pra não ver, se mandava pro bar pra beber com os amigos até passar a tempestade como dizia ele rindo, aí então tu telefonavas pras minhas tias ia eu pra casa delas espairecer e brincar com o Edmundinho, lá eu me acalmava, o Edmundinho-que-fim-levou gostava de brincar de casinha, sonhava ser costureiro famoso acabou jogador de futebol depois que se transferiu pro México não tive mais notícias dele, eu adorava brincar também com a Lucinda e a Ruth, que fim levou a Lucinda hein, queria ser cantora, atriz, a família achava que não era profissão decente, coisa sem pé nem cabeça, reclamava, ela vivia comprando revista com retrato de artista, recortava colava em álbuns nas paredes do quarto, não-não, eu era livro, gostava de ler me ilustrar como diziam, ainda hoje gosto, pegava tudo que era livro que encontrava numa mistura danada, comprava revistas em quadrinho, continuo lendo bastante mamãe, acompanho o movimento das editoras, adoro estes romances americanos que estão aparecendo aqui agora, best sellers iguais ao de Hanley já leste *Hotel, Hospital, Aeroporto* estou terminando, tão bons, tão emocionantes, refletem a vida com realidade, contam uma história certinho, não consigo me entender é com estas coisas novas-complicadas, tentei ler alguns não deu, não mesmo, sem pé nem cabeça, pra mim leitura é distração, uma história emocionante com muita ação, agora faz pouco deixei pela metade um muito badalado um tal de Juan Rulfo confuso enrolado, não tem história ou ela vai e vem depois não vai nem vem, época e localização é coisa que não existe pro autor, estilo concordância continuidade, e a mistura de mortos e vivos, me perdi me irritei larguei tudo, é isto mamãe complicam tudo pra que não é mesmo, o Edmundinho mesmo complicou-se lá em Florianópolis, ficou tão enjoado convencido só porque depois de jogar no Avaí uns tempos teve convite pra treinar no Flamengo ou Vasco, não passou dos treinos mas voltou dizendo que não acertou as luvas vê só, acabou em Porto Alegre parece no Grêmio e de lá pro México onde sumiu, te lembras ele teve um dia uma discussão com o papai porque eu estava lendo o Érico avançado demais pra mim dizia, é mesmo, tens razão então, às vezes misturo as coisas, datas, nomes, situações, épocas, lógico-lógico, o papai já não era do mundo dos vivos, o bom do papai, coitado, os golpes finais tão rudes pra nós acabaram com ele, tu também sofreste sim, ficavas em casa triste-sozinha às vezes uns parentes se lembravam de aparecer pra conversar contigo, a tia Agnela e seus achaques vinha de Biguaçu, a Sá Jurema e suas histórias de espiritismo, a Maria de Fátima e seus namoros complicados, o primo aquele como é mesmo o nome, te distraíam um pouco, recordavam o passado, queriam te puxar pro futuro mas que futuro tu dizias, logo depois mudamos me lembro sim, pois não é, mas como eu te contava tinha ido ontem de manhã na casa da minha sogra ver ela anda adoentada, ontem de manhã ou anteontem nem sei bem, pouco importa, passei lá um tempinho, parece que é pedras na vesícula, pensei que ela estava só mas não, escutei daquelas pestes velhas-novas-novas-velhas mesquinharias a meu respeito, das três, parece que adivinharam que eu ia, onde já se viu, malévolas, tudo infâmia mamãe, quando uma parava emendava a outra formando um coro, num dado momento não agüentei —

me larguem por favor me esqueçam suas pestes sumam de minha vida, desgrudem vivam suas vidas vivam as vossas vidas e me deixem viver a minha, a minha ouviram, vocês são é umas pestes pensando sempre no mal e por mal, no pior, complexadas recalcadas e doentias —

quando o Sylvio passou pra me apanhar perto do almoço me encontrou de cara amarrada o que foi perguntou, retruquei são aquelas três o que poderia ser mais, deixa elas pra lá respondeu pacificador, é fácil pra ti dizer deixa elas pra lá, mas Dulce, que Dulce nem meia Dulce tu é que não tens de aturá-las nem ficas ouvindo indiretas mais que diretas, Dulce tem paciência por favor isola, isola é, isola como se elas me perseguem me vigiam, olha Dulce, não Sylvio eu me preocupo só com a nossa vida e elas metediças as intrometidas, se a gente nem visitar em paz a tua mãe pode, vem visitar e é isto, se não vem está esquecendo os parentes pobres, insinuam que estamos ricos e orgulhosos, se estamos não é com a ajuda nem vontade delas —

não mamãe, presta ao menos um pouco de atenção assim é impossível, confundes tudo, fui no palacete aquele é de noite, noutra hora noutro dia, de noitezinha e não foi no mesmo dia não tenho certeza, amanhã vais tu também sair dizendo que não páro em casa, só na rua de um lado pro outro eu logo que passo dias semanas sem sair, enfurnada, orasei brincadeira minha, sei que tu não dizes mas os outros, que largo as crianças, mas elas ficam com a babá em quem deposito inteira confiança, Jupira é de responsabilidade, na Nelinha fui só sim mas depois o Sylvio foi me encontrar ele tinha um trabalho pra terminar no escritório, deixei tudo acertado em casa com a Benwarda e a Jupira, a babá tem paciência bastante pra aturar as manhas dos dois que quando querem sabem ser umas ferazinhas impossíveis de arteiras, te contei o que aconteceu outro dia não contei, quase enlouqueci com os guris e comigo, não, é que nem sempre os telefones funcionam e não me recordo de tudo das nossas conversas, pode ser que tenha, tu não me ligas eu tenho que ligar sempre pra ti, até parece que me evitas por que, eu não disponho de muito tempo ou disposição pra visitas, ora mamãe, é diferente, são compromissos e obrigações sociais a que somos forçados a comparecer mesmo a contragosto, só que faltava ter cerimônia contigo, telefono sempre que consigo uma linha e tenho um tempinho aproveito pra te contar as minhas coisas te consultar e nunca sei ao certo por onde devo começar tu dizes que às vezes me repito, noutras que não te conto nada faço segredo como se eu tivesse segredos pra ti, queres saber tudo e eu quero te contar tudo, repetir, então eu desabafo e me solto, doutor Castro me diz que isto é bom pra mim, então o de ontem de tarde, então o pesadelo, como foi o quê, ah, a história com os guris prefiro não contar me faz mal toda vez que relembro e ia também te chatear, escuta só se não é pra deixar um cristão louco varrido, tínhamos ido naquela recepção da Nelinha, o Sylvio e eu, voltamos tarde, cansada, eu coloquei todas as minhas jóias, inclusive a pulseira de ouro cravejada de brilhantes, é uma que mal acabara de pagar, vale uma fortuna, me lembro que deixei ela em cima da penteadeira, no outro dia de manhã cadê ela, revirei tudo, o resto lá, os brincos, o pingente, o anelão, tudo, chorei me desesperei, o Sylvio mandou chamar as duas empregadas, não podiam ser elas não nem tinham entrado no quarto ainda mas —

quero que me dêem conta já e já da pulseira de minha mulher ouviram, mas "seu" Sylvio ontem de noite dona Dulce saiu com ela hoje nós ainda nem entramos no quarto —

o argumento era irrespondível, as duas emburraram com razão, pensei perder elas tive que pedir desculpas em nome do Sylvio e no meu explicar que elas tinham entendido mal podiam ter visto prometi aumentar elas pra que não fossem embora, telefonei pra Nelinha bem podia ter esquecido lá —

não achamos nada Dulce —

quem sabe esqueceste no carro disse o Sylvio, vou ver, saiu, foi no carro vasculhou tudo, nada, eu tinha quase certeza que havia saído da casa da Nelinha com a jóia, tentei reconstituir, reviramos a casa em vão, devia estar no quarto mas não estava, agora tu vê só, de repente me lembrei dos meninos e se um deles, eles tinham se levantado cedo é claro, nós ainda dormíamos, correram toda a casa brincando, levados, viraram o apartamento pelo avesso, mexeram em nossas coisas, podiam ser eles, teriam sido eles, foram eles lógico, a certeza, só podiam ter sido eles e mais ninguém, a convicção, chamei os dois, vieram ressabiados prova de culpa, fiquei mais convicta, vi logo que tinham sido eles —

onde está minha pulseira onde, não sei mamãe que pulseira respondeu Marquinho, não sabemos, não sabem não, não mamãe, disse já preocupado o menor, tá por aí, por aí aonde se não sabem, não vimos não sabemos, se não viram como sabem que deve estar por aí por aí ande me digam procurem se lembrar —

eu pedia eu implorava tentando não perder a calma sabia que seria pior, por favor se lembrem, eles se encolhiam temerosos, sinal evidente de culpa, perdi o controle me vi gritando num ataque —

eu mato vocês seus porcarias seus desgraçados eu MATO se não disserem já onde foi que colocaram a minha pulseira, Sylvio vê se fazes essas pestinhas dizerem logo, Dulce te acalma, mamãe não sabemos do que estás falando, não sabem é e porque disseram por aí, já ensino vocês a mentir, venham cá venham, não, por favor não mamãe, pára Dulce, não faz isto pra gente não, não fica assim, onde botaram a minha pulseira onde jogaram ela, pela janela foi, por onde andaram, esgano vocês dois, quero a minha pulseira Sylvio quero já, calma Dulce não te exaltes isto te faz mal vamos com calma que acabaremos encontrando, tu dizes vamos com calma porque a pulseira não era tua, onde andaram vocês procurem pensar se lembrem, no quarto de vocês foi no quarto entre os brinquedos, na cama, caiu, brincaram com ela na cama é, estiveram na sala, no meio das jarras, vai ver jogaram na privada, é isto, só pode ter sido isto, eles agora têm a mania de jogar tudo na privada, mas eu ensino vocês, eu esgano, EU MATO os dois, me digam logo que foi na privada não foi, só pra eu saber assim descanso me digam, me digam, me digam, Dulce, solta as crianças te acalma, mamãe, mamãezinha não faça isso com a gente nós não sabemos nada juramos que não fomos nós, vamos ajudar a procurar se a gente não encontrar deixa estar vamos fazer economia das nossas semanadas se não der quando ficarmos grandes vamos trabalhar pra te comprar outra pulseira maior e mais bonita prometemos, eu juro, prometemos, me solta por favor, Dulce solta estas crianças —

Sylvio tirou eles de minhas mãos, refugiaram-se no quarto da empregada, eu pedia, eu gritava, desnorteada, eu enlouquecia, quero a minha pulseira, quero, o dia todo assim, chamou-se o doutor Castro que me deu uma injeção calmante, passei por uma madorna, relaxei, acalmei-me, revirei tudo de novo, metodicamente, desmontei a cama, os móveis revirados, procurei nos menores buracos, na área de serviço, num terreno baldio ao lado do prédio, já considerava a pulseira perdida mas me preocupava como poderia ter sumido assim, evaporou-se de que maneira meu Deus, não podia nem olhar os guris tinham sido eles um ou os dois, mais certo os dois faziam tudo juntos, me digam, mas não, me dava uma pena deles, foram sim, Sylvio mandou eles pra fora passar uns dias com a minha sogra não quis te incomodar, talvez até dormiram lá nem sei certo, dava-me um ódio deles, de repente uma pena dos coitadinhos, não fizeram por mal não, logo a raiva voltava, por que mexiam no que não deviam, mentendes não é, já tinha desistido de tudo quando dias depois o Marquinho brincando com um sapato de Sylvio foi calçá-la e lá dentro viu uma coisa dura espetando, era a maldita pulseira, como foi parar ali não sei, caiu quando fui tirar ela, não podia, viste Sylvio deve ter sido brincadeira dos dois que depois se esqueceram, uma das empregadas não podia ser, não acho não Dulce, penso que ela caiu ali quando mudávamos de roupa, foi o sapato que usei naquela noite, foi não, foi Dulce, eu quis ainda insistir, te garanto, vamos esquecer isto Dulce é melhor tá aí a pulseira, a dúvida não me largava, fiquei com remorso, adoeci, precisava outra vez dos cuidados do doutor Castro, a consciência pesando, peguei nos meus anjinhos enchi eles de beijos, vamos sair agora, saí com eles, fui comprar brinquedos, balas, roupinhas, tudo que quiseram, fui com eles no parque das Laranjeiras, brincamos de escorrega, me deu uma dor de cabeça que nem imaginas, tumentendes não é tu compreendes, mas como podia eu adivinhar não é, os guris quando querem são impossíveis, umas ferinhas, podiam ter entrado de mansinho no quarto não te parece, perdem tudo, rasgam tudo, escondem tudo, são umas ferinhas queridas, e quando não estou num dos meus dias bons então é que eles cismam de me azucrinar, parece que adivinham e fazem de propósito, se eu mando que fiquem num canto ficam justamente no outro, e nos dias chuvosos então quando não podem ser carregados pro parque, tu sabes que os dias nublados e chuventos me atacam os nervos, aí parece que os diabinhos até adivinham e ficam mais difíceis de lidar, eu já disse pra Jupira que nesses dias ela precisa distrair eles ainda mais, inventar brincadeiras, não ficar especada num canto feito uma tansa, não deixá-los gritar e correr pelo apartamento, te lembras desde pequena eu tinha o que tu chamavas as minhas manias, necessidade de me enfurnar num canto quando chovia, pois continuam, outras vezes me punha a correr e brincava horas a fio, quantas não fui pro quintal e fiquei um tempão sozinha, papai e tu vinham me encontrar dormindo debaixo de uma árvore, e dos meus estouros te lembras, sei, te lembras sei, mas preciso me repetir e te repetir sempre e sempre tudo, me faz bem falar, me abrir contigo, de-sa-ba-far pra ver se espaireço, se encontro explicação válida, hoje estou num dos meus dias negros, preciso desabafar e não deixas, deixas mas interferes o que é o mesmo, por que interferes hein, me diz, até agora não consegui te contar direito o mais importante, me interrompes tanto com tuas interferências, juro que nunca tiveste uma noite como a que passei ontem, necessito e não consigo um conselho teu, uma explicação razoável, vê só, escuta então, por que se tudo foi provocado pela cena da tarde, a morte do estudante, o tumulto, no meu sonho eu corria mas era na avenida Atlântica e não na Rio Branco perto da Cinelândia e o "seu" Doca surgia sempre mas não se fixava se transformando naquele teu primo de quem nunca lembro o nome e embora eu chamasse ou quisesse chamar pelo Sylvio ele nunca me aparecia, mas logo tudo se borrava e de novo era não sendo o "seu" Doca, as feições variavam, uma coisa difusa, vaga, escorregadia, eu reconhecia ora o nariz, depois os lábios grossas, um tufo de cabelo, os olhos azuis, já te disse isto antes não disse, eu quero me escapar dele, preciso, não adianta, corro, escorrego no asfalto que não existe, e as situações se repetem sempre com pequenas variações, mais ou menos nítidas dependendo de um fator imponderável que não identifico, noutras ocasiões estou nua diante de um grupo de gente, conhecidas e desconhecidas que surgem para me provocar recordações que não são minhas, sendo, já viste que absurdo já, recordar recordações que não são minhas, agradáveis ou desagradáveis pouco importa, isto me inquieta muito, escuta só e vê se podes interpretar, são figuras de sonho de quem eu não me recordava e eis que depois de sonhadas me surgem como se meu sonho tivesse o poder de torná-las realidade, e tudo se baralha, presente, passado, futuro, infância, adolescência, maturidade, o ontem o hoje e o amanhã, aconteceu outro dia uma coisa engraçada materializou-se a figura de um sonho, isto se repetiu ontem ao contrário, no meu sonho apareceu o estudante morto mas aí se explica, só que ele era num futuro meu filho mas nenhum dos dois de agora, um outro filho mais velho inexistente, vê só o primeiro caso mamãe, me apareceu lá em casa um sujeito querendo vender um aspirador de pó, pois sabes quem era, garanto que não adivinhas, garanto, a figura do sonho era alguém que eu conhecera há tempos mas de quem me esquecera por completo, era o tal que deu em cima da Tereza anos atrás, não é curioso, andaram de namorico, mas ele me queria a mim não Tereza, a Tereza ficou uma fera pensando que eu estava interessada nunca que estive —

te conheço Dulce, não mesmo retruquei, te conheço não é de hoje qual o homem em quem nunca estiveste interessada, o que sua, o quê, isto mesmo —

íamos nos atracando, mas deixa pra lá mamãe, continuo, como eu dizia, o quê, aquele mesmo, é Tereza pensou até que eu, nem sei por que cargas dágua, tinha ou tivera um caso com ele, só porque ele gostava de conversar tanto comigo, batíamos longos papos, a gente discutia filmes, livros, teatro, bobagens, não, nada tivemos mesmo, ora, só porque a gente saía junto umas vezes, só porque ele achava que eu tinha um papo mais agradável do que a Tereza, o quê, só papo não, cara também dizes, corujice tua, nada tivemos mesmo, sei é claro que ele me paquerava mas eu nem notei ou fingi não notar, o dele era um interesse mais intelectual, pois mamãe vê só se esteve tão interessado por que não me reconheceu agora, a verdade é que a Tereza usava ele pra despiste já andava de caso com o chefe dela lá na agência de publicidade, tinha dias que inventava desculpas pra não falar com o namorado oficial, outras que inventava em casa que ia se encontrar com ele mas saía mesmo era com o chefe, dizendo depois pro pobre que tivera serviço extra ou ficara doente, mas o certo é que saía com o chefe pra noitadas, festanças no apartamento, não-não, será possível que não me compreendes, tumentendes sim mas fazes que não só pra me enervar, falo da Tereza minha cunhada é claro, não da outra, donde foste imaginar isto, a outra é uma santa, assim não dá pra conversarmos, vê só quantas vezes já comecei a te explicar o que aconteceu ontem, quantas, e consigo, não consigo não, nem contar nem esquecer, o quê, sério, preciso espairecer, dizer é fácil, te põe no meu lugar então, parece que estou me vendo correr, me analiso de fora, acompanho a minha corrida varada pelas luzes, nua e arfante, procuro reconhecer as pessoas que me observam, logo estou correndo no mercado de Florianópolis mas quem corre é a eu de hoje não a meninota de então, logo sou atingida pelas balas e me vejo morta carregada jogada nas escadarias da Câmara em plena Cinelândia, logo tudo se confunde e quem me observa lá de Florianópolis são as pessoas que só vim a conhecer aqui no Rio, lá eu sou moça e aqui meninota, então as duas imagens se fundem e embaralham para dar lugar a uma terceira que não reconheço, quero e não quero me libertar do sonho, medo unido a gozo ao mesmo tempo, será mesmo isto, o que será isto, e agora são as três pestes o que vêm fazer em Florianópolis, e "seu" Doca que não é ele o que faz colocado na avenida Atlântica que nem conhece, e as primas, Ruth que logo não é Ruth mas a Tereza minha cunhada, Nelinha mais moça e mais velha do que eu, logo o pânico, mãos que me apalpam, um bafio pesado na minha nuca, uma aragem quente que vem do mar enquanto eu vou afundando, odor a maresia e esperma, eu afundo, o asfalto quente e pegajoso, dor, dor, me perco, soluço baixinho e entregue, quero acordar não posso, dar acordo de mim, já não quero, quero chamar o Sylvio, te chamar, ver os meninos, tudo inútil, me recomponho e me reconstituo, vê só mamãe sou eu em diferentes épocas da minha vida, a menina indecisa diante do mundo, a mocinha ingênua e sonhadora que começa em Florianópolis e continua no Rio semi-interna no colégio, o abandono dos estudos, o emprego no banco, as minhas escapadas, os namoros, tudo sem ordem cronológica como num filme caótico dentro de mim enquanto eu corria, enquanto eu dormia, enquanto eu sonhava, e de repente um vácuo, eu me perco de mim, me esforço e não consigo recuperar alguns momentos, momentos que me recomporiam como um todo, sei que neles existe algo de importante e fundamental pra mim, alguma coisa que vai ajudar a me esclarecer e libertar insiste o doutor Castro, libertará do que penso, não sei, então quero e não quero voltar do sonho e ao sonho, esquecer o sonho que retorna com pequenas variações, tem se repetido desde algum tempo mas não com a nitidez de ontem, aliás a cada dia se torna mais complexo, completo, confuso, mais nítido ou mais difuso depende, novas figuras vão sendo adicionadas à trama, novas situações incorporadas, outras somem, nunca reaparecem, outras de que não tenho o mínimo conhecimento adquirem vida própria e realidade, as figuras vão se fixando e tomando relevo, vê só, vivo mesmo num mundo que é e não é o meu, sensações tácteis, gustativas, olfativas, o sabor de uma fruta agreste, o cheiro de um licor tomado há tanto tempo, a pele de alguém que nunca cheguei a tocar, tudo me atinge e sufoca, me envolve, e os espaços entre um sonho e outro se alongam ou reduzem acionados não sei por qual mecanismo interno, sem uma lógica aparente, não sei do que depende e as explicações dos doutores Castro não me satisfazem, talvez seja mesmo quando estou mais irritada, mais cansada, ou quando algo exterior deflagra um processo, quem sabe se quando as emoções aumentam entram em ebulição e não consigo me controlar, quando participo de um acontecimento que me impressiona particularmente, e a instabilidade em que gosta de viver o Sylvio deve influir não é, me diz por que ele não pára numa coisa, me lembro das nossas discussões, chega disso Sylvio, chega o quê Dulce, mas não adianta, e isto me afeta mamãe, fico largada inerme, pensativa, e então de repente há coisas que não explico, assim largada de repente começo a pensar e meus pensamentos se concretizam, isto me dá medo, outro dia eu imaginava se em lugar do Sylvio tivesse casado com um outro, este outro começou a criar forma, um corpo, um rosto, uma voz, e agora vê só o que me aconteceu, eu estava num de meus dias ruins quando alguém toca a campainha, fui atender porque nenhuma das empregadas atendia, e então surgiu inteirinho diante de mim uma figura do meu passado, olhei pra ele e levei um bruta susto, mas ele nada, como se nunca me tivesse visto, pensei de que maneira pode me ter esquecido assim, tão completamente é impossível, para mim o passado retornou vivo, recuei para um passado distante lá em Biguaçu quando eu ia passar os fins de semana com as primas e ele ficava me rodeando, perguntei o que deseja, e ele minha senhora numa voz neutra de vendedor, meus dois meninos vieram do quarto deles e ficaram olhando pra ele; rodeando-o, eu continuava parada imaginando o antes, bem que poderias ter sido o pai destes meninos se eu quisesse, idéia besta, aí ri na cara do homem olhando-o de alto a baixo, ele ficou passado, sem jeito nem gesto, verbosidade de vendedor sumida pensando que eu me ria dele, dos modos dele, não era não, procurou adquirir segurança, um tom mais firme na voz, me encarou —

madame —

voz empostada que me chegava de longe puxando nos "erres", voz carregada e lenta que me alcançava ferindo-me e me aprisionando —

madame desculpe-me mas não a entendo, não é mesmo pra entender, o que então me diga —

retrucou mais *gauche*, respondi que era uma coisa só minha que não tem nada a ver com o senhor agora, e repeti agora, fiz uma pausa, melhor até que poderia ter continuei, ele pensou um pouco, desnorteado, titubeou e me perguntou se poderia como, eu só disse uma palavra, podendo, não adiantou —

cada vez entendo menos madame, —

repetia o madame que me ia deixando mais irritada, seria mesmo, estaria eu tão mudada, faziam quantos anos, por que o madame tão formal, de novo ri, alto, estridente, e disse então paciência, calei-me, os guris me rodeando, observei-o, sem dúvida era ele, não havia dúvida possível, alto, alourado, antipático, trintão quase na fase dos enta, ou seriam já quarenta, mais velho que o Sylvio, bem conservado ainda, um vinco de perplexidade na face, os guris mexendo nele, com ele, rodeando-o, tocando num aparelho encostado no corredor, chamei a Jupira, vem cá levar estes meninos —

não me deixam convesar em paz com este senhor, não faz mal não deixa eles aqui tão engraçadinhos —

mas queria dizer eu via no seu rosto será um alívio se se forem mesmo, olhou-me de novo mais atentamente, ele não sabia mas eu lia agora dentro dele, percorreu-me com os olhos apreciativamente, lá no fundo pareceu que estava querendo se lembrar de alguma coisa, te lembra, te lembra, diabo o que será, uma centelha de reconhecimento seria, ela me lembra, não, moveu a cabeça, não, impossível, não conseguia, titubeou e disse madame me desculpe eu, eu...parou, se parecem tanto com a senhora os seus meninos, tanto, uma beleza os dois, o mesmo jeito, os mesmos olhos bonitos, o mesmo cabelo sedoso, acha, sim, o maiorzinho eu concordo mas o menorzinho é mais o meu marido, o Sylvio, conhece ele, madame não tenho a honra de conhecê-lo, pensei..., pensou o que madame, nada não, só que o Sylvio lidando também com representações, com importação e exportação bem que poderiam vocês, sendo vocês quase da mesma idade, lamento madame mas é que estou aqui há pouco vim de outro Estado, calou-se, calei-me e matutei comigo mesma enquanto o fitava bem dentro dos olhos conheces sim, conheces ele e me conheces, reconsiderei ele pode ser que não mas eu é certíssimo, como será possível que tenhas me esquecido tão cedo e tão completamente hein, ou estás fingindo, és um fingido sacana, então ias te esquecer assim ias, o silêncio nos envolvia ele não sabendo o que fazer, quem sabe envergonhado, quem sabe matutando lá dentro dele também tive gamação por uma mulher assim, se ela quisesse poderíamos ter casado, que vida levaríamos, em lugar de estar aqui neste bom apartamento vivendo folgada como me parece, rodeada de bons móveis modernos quadros modernos, criadas luxo conforto, estaria me esperando voltar da aventura diária, com problemas financeiros, dependendo desta minha instabilidade de vendedor ambulante, sofrendo chacotas, nem recebido ou recebido com resistência e nariz torcido, sem ter certeza do dia de amanhã, chegando em casa derreado hoje não deu nada Dulce, ela amarfalhada, gasta, com a filharada rodendo-a e choramingando diria como é que vamos fazer estamos sem nada em casa, nem leite nem pão e devendo três meses do aluguel, a luz pra ser cortada, e o gás, que posso fazer Dulce me diz me esforço mas a barra anda pesada, devias ver isto antes da gente casar, e nos casamos só porque eu quis foi, agora também me culpas é, te culpo não Dulce só constato e o casamento é um contrato a dois e se os dois não concordam, já sei já sei esta conversa não é de hoje, não é de hoje não, olhei outra vez pra ele, quase comprei o aspirador de que não necessitava, fiquei com pena ele ali parado na entrada uma das mãos na porta aberta do apartamento com a outra segurando o aparelho, fiquei com pena, me imaginava na casinha de subúrbio esperando por aquela comissão pra pagar o leiteiro, comprar carne, o remédio e as fraldas do menorzinho dos quatro filhos, com outro pra nascer, sem distração, sem televisão em casa, pagando prestações de tudo, melhor, deixando as prestações atrasarem, o jeito era mesmo nos distrairmos fazendo filhos que mais problemas nos trariam, perguntou se eu queria,

queria o que respondi longe —

a senhora está interessada madame, me parece que está, posso lhe fazer uma demonstração agora sem qualquer compromisso de sua parte, acedi num momento de fraqueza, pedi que entrasse, entrou, dá licença madame, entre-entre, sentou-se na sala sem jeito, pernas cruzadas, mãos nos joelhos, aparelho ao lado, os meninos vieram rodeá-lo, compenetrados, quietinhos, mandei servir um cafezinho, Jupira peça pra Benwarda trazer um cafezinho enquanto o senhor prepara a demonstração, o senhor aceita senhor... Édison madame, ao seu dispor, eu sou Dulce, o senhor Édison nos mostra o funcionamento, pois não, deixe explicar, é um modelo dos mais modernos madame, o mais moderno no Brasil, último tipo, patente exclusiva adquirida nos Estados Unidos e que só agora começa a ser fabricada no Brasil por nossa indústria, este modelo aerodinâmico resultou de longos anos de pesquisa por uma equipe de cientistas que visaram além da parte estética, veja-veja, a comodidade, mas antes deixe-me mostrar-lhe madame as explicações —

enquanto falava puxou um prospecto todo colorido detalhando peça por peça e por fim uma foto grande do aspirador —

aí a senhora tem tudo explicado, veja aqui como facilita a limpeza, nem sinal de poeira, olhe aqui, e apontava com o dedo as fotos em vistosas cores onde uma jovem toda no chiquê trabalhava no aspirador, na outra sala marido e filhos observavam como era eficiente e prático e simples de operar, até uma criança pode com presteza e sem perigo manobrá-lo dizia uma das legendas, noutra página apareciam duas fotos, na primeira o marido se levantando para sair de casa e o fundilho das calças marcado por escura mancha de poeira, no segundo só o brilho do vinco e a mulher exibindo com um sorriso feliz o aspirador —

veja madame, e Édison começou a explicar o funcionamento como se eu não tivesse o prospecto na mão, veja o quanto isto ajuda na rapidez e limpeza da casa, manter tudo permanentemente sem vestígio de pó, os móveis, os quadros, as paredes, as janelas, os lustres, a louça, e as roupas, e a facilidade, a facilidade então, chegou o café no justo momento em que ele se preparava para iniciar a demonstração tirando da caixa o aspirador, não sabia se começava ou se tomava o café, medo de colocar a xícara na mesa, medo dos guris entornarem o caldo, medo de deixar o aspirador já ligado e os guris virem mexer nele, medo de perder o negócio, numa das mãos o plugue do aspirador na outra a xícara, ambos num equilíbrio precário —

deixe que eu ajudo

—

ajudei, segurei o plugue enquanto ele tomava o café, rápido, queimou-se quase, quente hein disse, gosto assim respondi, feito agorinha mesmo, está ótimo corrigiu-se, me agradeceu, continuava agradecendo enquanto eu pegava no aspirador pra ver o peso, segurei firme no aspirador, firme, aquela bocarra no ar lembrava um destes engenhos de ficção científica que a gente vê tanto na televisão, fios, garras, hélices, furos, arruelas, braços que não eram braços, pés para que o aparelho se firmasse e ficasse sozinho capturando a poeira, depositando-a em seu bucho ávido, braços que iam e vinham, caminhavam, recuavam, tocavam, cheiravam, adivinhavam a poeira entranhada nas menores ranhuras, o café acabou, ele colocou a xícara na mesa, agradeceu, pegou no aspirador, nossas mãos se tocaram e ele tremeu, apertou um botão, acendeu-se uma luzinha que pisca-piscava marota pra nós, um zumbido leve, suave, testou examinando de um lado pro outro, começou a manobrar o aparelho que subia pelas paredes, fuçava nos móveis e quadros, vasculhava os escaninhos da sala, cheirava os discos, braços menores com afinadas narinas surgiam e penetravam nas mínimas ranhuras, eu sentada observando, os meninos curiosos acompanhando com atenção e encantados as manobras que se desenvolviam, rentes os dois ao Édison, ele muito compenetrado ao mesmo tempo que irritado e intrigado me olhava de esguelha, dava novas e minuciosas explicações, entrava em detalhes técnicos sobre o revolucionário modelo, os aperfeiçoamentos nele contidos, o tempo de garantia, a assistência técnica permanente, o preço nesta fase de introdução do produto no mercado bem abaixo do real não é nem um décimo do valor madame, madame Dulce voltei a esclarecer eu, mas ele nem ligou, para ele o nome nada representou ou pareceu representar, a senhora sabe madame Dulce em caracter excepcional estamos fazendo também em até cinco prestações iguais e sem acréscimo de preço, a primeira no ato e a segunda quarenta e cinco dias após a entrega, e prosseguia a demonstração enquanto falava, mecanicamente como quem repete um disco cansado prosseguia, repetia e repetia, preocupado, se não vendo um único como vai ser como posso chegar em casa e enfrentar a minha Dulce e os meninos sem dinheiro, saturado de tudo, cansado da vida, dos problemas, madame, madame, eu me distraíra agora, quem seria eu, quem seria eu agora, mudara tanto fisionomicamente, e a voz também, queria com urgência me ver num espelho, me investigar a fundo, começara a ficar seriamente preocupada; intrigada, indignada, não me teria mesmo reconhecido, não me reconheceste não eu gritava a plenos pulmões mas a voz não saía, o grito ficava dentro de mim, preso, e o aspirador aspirava, teria eu mudado tanto nestes poucos de anos, o aspirador aspirando acumulando poeira, verdade que mudei o tom dos cabelos, fiz tratamento pra pele, engordei uma nisca, nisquinha só, o que acentuou a linha dos quadris, a textura do peito, os seios se alteando, no mais era eu mesma, só mais cuidada, e a voz, a mesmíssima tinha certeza, voz cantada e cantante de ilhoa da ilha, ninguém perde o sotaque, algumas expressões tão típicas, o aparelho zunia lento, zunia, eu me olhava, me via refletida na vidraça da janela, era a mesma de sempre, de anos atrás, me veio à mente uma palestra onde um professor explicava que a partir de um certo momento nós não mudamos mais, ou não queremos mudar, pelo menos para nós mesmos e para os que nos cercam e nos estão vendo diariamente permanecemos imutáveis, será então, raciocinei com uma pontinha de pânico, será porque nos vendo e aos nossos todo dia, todo minuto, todo segundo, todo instante, não notamos nem acompanhamos as transformações que se vão acumulando como a poeira inapercebida se acumula até formar grossas camadas que, de repente e para espanto e pavor vemos diante de nós, será isto então pensava eu, refletia eu, imaginemos que durante um longo período não nos vemos, estamos cegos, ao nos voltar a visão será que nos reconhecemos ou vemos diante de nós um ser desconhecido, não poderemos ser iguais a este aparelho recolhe dor da poeira que de uma parcela infinitesimal se transforma em quantidade apreciável, e como então extirpar esta poeira, a poeira que o aparelho vai acumulando em suas entranhas antes de atirar como coisa imprestável para um canto voltando tudo a ser como era antes, só que no nosso caso nunca voltamos a ser o que havíamos sido antes, e eu, eu era o que fora, ou não, voltar a ser o que se foi é impossível, devo ou não devo lhe dizer quem sou, reativar-lhe a memória, mas será que ele não está fingindo, e será ele quem era, madame Dulce, dona Dulce, uma voz de longe me chegava, madame, insistiu repetindo um pouco mais alto, não Dulce, Dulce-só que era o que eu queria ouvir, dona Dulce que lhe pareceu gostou —

é que a demonstração chegara ao fim, melancólico final, ele suando do esforço, mais do que do esforço da tensão, suor na camisa, suor no rosto, puxou um lenço e se enxugou, se abanou, as crianças paradas observando-o repor o aspirador morto sem aspirar a mais nada, Jupira perto delas, da porta da cozinha Benwarda entre atenta e admirada, agradeci, lhe disse que ia pensar consultar meu marido mas que em princípio estava interessada só que sem o Sylvio não decidiria, ele disse que poderia voltar logo, voltaria assim que madame Dulce determinasse, humildemente falou, a voz baixa, submisso, derrotado, chegaria em casa e Dulce e os quatro filhos nada teriam —

outro dia perdido mulher, fui na casa duma dessas granfinas que nada têm pra fazer e se entreteve comigo quase duas horas me mandou fazer a demonstração depois pediu que eu deixasse o cartão da firma ia pensar e consultar o marido estava interessada sim, eu disse que teria prazer em voltar —

não há necessidade do senhor voltar "seu" Édison, não se incomode deixe o cartão e me diga como posso me comunicar com o senhor, ele disse que não era incômodo nenhum, prazer voltar, função minha, minha função, garanto que será até um prazer madame Dulce —

sabes como é Dulce, a granfina nunca que se lembraria, rasgaria logo o cartão ou colocaria ele numa gaveta e se esqueceria, assim eu deixando os folhetos explicativos e ela me vendo voltar numa segunda visita quem sabe —

repetiu um grande prazer e acentuou a palavra prazer ao mesmo tempo que me encarava, mirava-me toda, desciam-lhe os olhos por meu corpo, subiam de novo, paravam, fitou-me firme nos olhos, foi a única ocasião em que o reencontrei ou em que senti que ele me reconhecera, me olhando, me olhando, olhando-me assim concentrado o quase futuro pai de meus filhos, não resisti, voltei a rir na cara, ou da cara dele, a rir, um riso insopitável que me tomava toda, incontido, indefinível, ele retribuiu com um sorriso sem graça e desconcertado de canto de boca que o envelhecia estranhamente, porque não usava seu aspirador pra recolher a velhice que nele se depositara pensei —

o que mamãe, o quê, um dos futuros papais porque, ah, claro, todas nós temos várias oportunidades e quem sabe o motivo pelo qual nos fixamos neste ou naquele e eles em nós, tão triste o Édison se ia, encaminhou-se pra porta aparelho devolvido à caixa balançando na mão, acompanhei-o, estendeu-me a outra mão, úmida e quente, apertei-a sentindo que agora o perdia de vez e para sempre, para nunca mais, a porta se fechou sobre o passado que se me grudava na pele não queria me largar, eu precisava que me largasse, a dor de cabeça que ia já começar, recomeçava, a inquietação inexplicável, fui pra cama mamãe, pensando na porca da vida porque viera bater na minha porta logo ele, logo aquele, eu sei, é, no meu sonho eu lhe dera vida, e ali ressurgia ele das cinzas, o que agora mamãe, o que, que insinuas, nada não, até que não tive muitos casos, flertes inconseqüentes de mocinha só e poucos, que muitos que nada, será que ele me reconheceu será, hein, isto me preocupou durante dias, ou será que eu devia ter me identificado pra ele, achas que mudei muito, mudei não, mudei nada, melhorei até não é mamãe muito embora os problemas que enfrento, as minhas crises, as lutas com aquelas pestes, a instabilidade a que me obriga o Sylvio que insiste em continuar aventurando e não sabe se cuidar é até mesmo um tanso na boa-fé dele, alguém ajudou ele me diz quando perdemos tudo, ajudou uma ova, nem a família, nem os amigos que lhe deviam mais do que favores, deviam dinheiro vivo, queriam ver era a caveira do Sylvio, mas nós mostramos como reagir, o Sylvio soube esperar o momento oportuno, ajudado pela sorte sim mamãe mas soube esperar a sorte e se ergueu, hoje todos torcem o nariz, torcem sim não é exagero não, reclamam que estamos posudos e que o Sylvio se valeu de segredos, aquilo dos dólares, que a sociedade no escritório com o coronel ajudou, marcação tola pra cima de nós, marcação pura e simples, mais pra mim ainda, não venhas desculpar eles não mamãe, por que será que se preocupam tanto com a minha vida me diz hein, que eu me exibo, que sou histérica preciso me tratar, que nem os médicos me entendem, que uso maiô ousado de duas peças minúsculas pra mãe de família, mas me diga mamãe, me diga: primeiro ajudar quem se todos estão bem e se nunca nos ajudaram; segundo maiô ousado por que se me sinto moça não me envergonho do meu corpo que se mantém em forma não igual ao das que falam de mim que não deveriam usar maiô de espécie alguma; terceiro quem deveria se preocupar e falar tendo motivos seria o Sylvio que nunca reclamou; quarto quando eu ganhei o meu filho mais novo te lembras como nós estávamos com o Sylvio tendo de entregar por quase nada a parte dele na firma e a parentada nadando em ouro não é exagero e ninguém nos ajudou nem os amigos que tinham se valido dele e agora com a nova ordem no país mandavam, escuta mamãe, me deixa desabafar por favor, sabes que quando foi preciso dei duro me sacrifiquei enquanto o Sylvio corria de um lado pro outro sem arranjar nada, até empréstimos em bancos se tornaram difíceis com a retração e a má vontade dos gerentes que antes andavam correndo e puxando o saco do Sylvio e alguns agora nem recebiam ele outros recebiam contrafeitos —

a situação "seu" Sylvio, o senhor compreende, gostaríamos de atendê-lo sim, o senhor foi ótimo cliente nosso, mas justamente agora os tempos mudaram, a retração, todas as operações suspensas por ordem da direção geral, diretriz do governo pra sanear as finanças, quem sabe um pouco mais pra diante, deixe com a secretária o seu endereço atual que breve lhe comunicaremos qualquer coisa vamos ver o que podemos fazer, vontade de atendê-lo temos fique certo —

não saíam deste blá-blá-blá, mandavam vir um cafezinho, falavam da crise que assolava o país, da política, das modificações estruturais, a institucionalização para que novos tempos surgissem, as modificações no comportamento dos homens públicos, novas palavras de ordem imperando, antes fora conscientização agora era institucionalização, outros recebiam Sylvio de cara fechada, meia-dúzia de palavras secas, rápidas, objetivas —

não estamos fazendo empréstimos nem transação de qualquer espécie, suspendemos todas as operações até segunda ordem, o Banco Central está decidindo sobre novas normas, que oportunamente serão divulgadas, o senhor desculpe —

viravam-se para assinar papéis, atender telefone, assuntos internos, falar com funcionários, receber outros clientes ou pedir ao servente que fosse comprar cigarro, aquele vendedor de cigarro americano há cinco dias não me aparece vou ter que ver outro, viravam-se para a secretária não estou pra mais ninguém se não o serviço não caminha entendeu —

Sylvio saía de cabeça baixa, fervendo por dentro, havia outros que nem o recebiam, mandavam dizer simplesmente que não estavam, nunca estavam, ou se encontravam em reunião importante não podiam ser interrompidos, voltasse mais tarde, melhor deixasse anotado o que pretendia com a secretária —

agora não mamãe, puxam o saco do Sylvio, chegam a telefonar, oferecem dinheiro até além dos prazos normais, é dr. Sylvio pra cá, dr. Sylvio pra lá, são convites, agradinhos, amabilidades, almoços, festas, insistência pra que apareçamos, tudo em nossa homenagem, são aplicações só pros clientes especiais, fim do ano são presentes, vinhos finos, caixas de Dimple, licores, gravatas italianas, brincos pra mim, brinquedos caríssimos pros meninos, claro que o Sylvio retribui, só vendo mamãe, neste mundo eu sempre digo só vale quem tem dinheiro como repetia papai, vejo agora como ele estava certo e tenho sempre isto em mente —

tenha sempre isto em mente mulher —

te recordas que ele te dizia isto, eu pequenina não entendendo muito bem o significado, só agora, então porque vamos nos curvar, comigo não agora, ninguém tem nada a ver com a nossa vida, com a minha vida, doutor Castro mesmo diz que eu não me preocupe —

esqueça dona Dulce, só assim conseguirá se acalmar —

se Sylvio me dá mesada gorda como dizem aquelas três pestes é porque pode, se aumentou até em muito o que eu ganhava no banco é pra me compensar, o quê, não te falei, falei sim, aumentou, contei sim, não me escutas ou esqueces que posso fazer, agora podemos, vou aproveitar, eu preciso, quem sabe se assim melhoro não é, o que foi mamãe, não escutei não, repete, ah, me parece que sim, não, claro, com detalhes não, por alto, conta então, conta logo, não faz suspense mania tua de bancar o Hitchcock, estou curiosa é lógico, por que não me falaste antes, egoísmo teu, falei nisso faz tanto tempo não te recordas, é que tu esqueceste, raramente me dás atenção, nunca me dás a devida atenção ao que te digo, preciso repetir vezes sem conta, me cansar, parece que desligas, o telefone não, te desligas compreendeste, quando te conto certas coisas repetidas até de uma conversa pra outra esqueces, e se insisto me vens com desculpas, que culpa tenho mamãe, tu tens a mania de me culpar, besteira, não te recordas que tens mais facilidades, mais tempo livre, poderias me visitar mais sim, não queres, ficas aí enfurnada em Santa Tereza fazendo não sei o quê, tá bom, tá bem, tá, então nem te falei e pronto, tá bom já te disse, não falei tens razão, na época tu não me acreditaste, tá bem, mentira minha então, ora se não, desculpa por que, não me venhas com tuas ironias, o Sylvio bem conversado vai por mim, não te preocupes que vou tirar a limpo a história toda te juro, sabes que quando quero, nós nos entendemos, nós duas quero dizer, nem precisamos de muitas palavras, eu com o Sylvio também é lógico, só que aqui é outro tipo de entendimento, pode ser tarde é claro, esgotado sim, ele tem dado um duro, coitadinho, chega tarde, resolvendo problemas, o escritório dele não é mole não, tem crescido barbaridade, comprando, vendendo, trocando, importando, exportando, até já lhe disse —

Sylvio é tempo de contratares mais alguns empregados, conseguires um bom gerente —

o sócio é só de araque pra que possam entrar nas jogadas altas com um bom respaldo, nem é bom mesmo que apareça —

um bom contador e um advogado esperto, isto além do mais dá *status* Sylvio, é importante fazer alguém receber as pessoas por ti, que esperem numa ante-sala até entrarem no teu gabinete, ou mesmo fazer uma triagem não tens porque atender todos, precisas de alguém pra lidar com a alfândega —

mas ele é teimoso e não confia em ninguém depois daquelas experiências que teve, diz que não-não que eu não me meta, quer resolver tudo sozinho é mais garantido, não confia mesmo, começou assim e assim vai continuar, centralizando tudo em suas mãos, a coisa cresceu demais em tempo recorde mas ele mesmo continua administrando tudo como nos velhos tempos, supervisiona, atende, despacha, que sócio mamãe, já te não disse que é só fachada, só pra abrir as portas, facilitar junto aos órgãos oficiais e para participar nos lucros, do maior ao menor problema é só o Sylvio que resolve, o dito sócio só aparece na hora de pegar o tutu, em solenidades ou se tem um galho pra quebrar, eu brigo —

Sylvio assim não pode ser, pelo menos que nas áreas oficiais o teu sócio se movimente, mas Dulce a parte dele ele faz mas não pode se expor muito, ele se mexe é por trás dos bastidores, sondando, vendo onde estão os melhores negócios e preparando pra que a gente possa entrar, como pensas que nós ganhamos aquela última concorrência, tudo legal é claro, na maior lisura, nossas condições foram as melhores do mercado muito embora o lucro, mas me diz como poderíamos fazer uma proposta que fosse a melhor se não soubéssemos não é, mas Sylvio assim amanhã ou depois tu te estuporas, tens um troço, a saúde, Dulce eu me cuido, insisto com ele em vão, uns homens, porque não botas eles pra te ajudarem, não dá, quanto menos souberem melhor, mas andas tão cansado que outro dia na direção quase ias dando uma lambada naquele ônibus do Flamengo depois de quebrar a curva ali da Osvaldo Cruz, ora Dulce em cargos de confiança não posso nem pensar há jogadas secretíssimas entendes, me irrito, entendi não, o que entendo é que eu também estou em tira e quando rebentares não vou querer entender as tuas jogadas secretíssimas nem nada, depois vê bem, desorganizado como és tu rebentando como é que os meninos e eu ficamos, não tenho mais condições psíquicas de resistir a outra *débâcle*, ora Dulce, Sylvio, Sylvio te cuida, se não por ti mesmo ao menos por nós, agora já sabes tens mais experiência, não precisas continuar com a loucura da Bolsa de Valores também, comprando tantas ações, sofrendo, vê se não cais mais nas mesmas esparrelas, te firmaste e chega o que tens, podes moderar o ritmo, não te basta a experiência do Carnet Fartura, do Banco Itabira, afundamos juntos sem que teus parentes que sabiam te prevenissem, pelo menos larga a Bolsa, larga, fica só no garantido e deste mesmo entrega uma parte pra alguém de confiança, deve existir alguém de tua confiança, e vamos aproveitar a vida enquanto somos moços Sylvio, aquela nossa viagem há tanto tempo programada e sempre adiada me deves ela, internamos os meninos num bom colégio, mamãe já disse que olha por eles, nem falo na tua família mas a gente estando longe e os meninos precisando penso que até tuas irmãs não deixarão que lhes falte nada, Sylvio me escuta, não quero fazer a viagem já velha acabada não, larga isso um pouco sim, se não por ti ao menos por mim, vê meu estado de saúde te lembra do que disse o doutor Castro quando fomos nós dois ver ele, a necessidade que eu tenho de espairecer, de mudar de ares, te lembra que o teu médico também te aconselhou umas férias urgentes que devias entregar os negócios pra alguém e te afastar uns meses, o esforço excessivo te mata —

mas aí, é justamente aí no entregar os negócios pra alguém que a coisa encrenca e emperra, falar em confiança Sylvio se eriça todo fica que nem porco-espinho se lembra logo que foi por excesso de confiança na família e nos amigos, nos parentes mais chegados, que ficamos naquela crise te lembras, a ver navios, em parte ele não deixa de ter razão, como conciliar viagem e negócios, mas eu insisto, vou continuar insistindo, o mundo não deve ser feito só de crápulas, ou é, nem sei, aí ele pula, pensa que estou me referindo aos parentes dele —

Sylvio estou falando de uma forma geral, impessoal, sem me referir a ninguém em particular Sylvio, vê só, isto é porque estás tenso, esgotado —

não chegamos nunca a uma conclusão, terminamos discutindo, é um inferno, isto me afeta, mas logo procuramos voltar às boas, ele vai por mim, ah-ah-ah, sei como conduzi-lo, uma carícia, um beijinho bem quente atrás da orelha, logo ele se inflama me agarra —

Sylvio olha as crianças não somos mais adolescentes —

logo eu também me inflamo, me deixo levar se bem que diga me deixa Sylvio agora não são horas disto, quero dizer não digo não, e ele —

Dulce tu que provocaste —

me faço de ingênua eu não —

que vou fazer me diga, acabo aceitando as ponderações, ora mamãe pra adiar a viagem por um tempo, no outro assunto existirão ponderações válidas, acabo aceitando as ponderações é no referente às razões dele pra continuar fazendo tudo na firma, mas assim até aqui mesmo só nos sobra um tempinho de nada pra estarmos juntos, sairmos juntos, às vezes no meio de uma esticada Sylvio se lembra de ter esquecido nem sei o quê, lá se manda e me deixa sozinha com os nossos amigos, ou diz que vai chegar tarde eu vá só, paciência, Sylvio quer assim, aceito as condições, concordo faço então a minha rodinha pra não ficar muito tempo isolada, o enfurnamento me inquieta, sabes que não posso, preciso espairecer, então saio, sempre com gente de primeira, não tens lido meu nome nas colunas do *society* não, tens não é, viste pois é, citada em companhia do que há de mais distinto e melhor, políticos, ministros, diplomatas, embaixadores, militares, empresários, por aí podes ver, não é tão grande quanto a roda da Nelinha, tenho dado algumas esticadas, viste no Zózimo no Ibraim, mas logo também me canso mamãe, aquilo me enfara sim, não há nada não, ondas, Sylvio sabe que pode confiar em mim ainda que seja ciumento em extremo e que as irmãs dele, aquelas pestes, fiquem a emprenhá-lo pelos ouvidos, diz ele que desde que eu não beba muito não há perigo, perigo de quê, sempre fui fraca pra bebida eu perco a cabeça, basta ficar meio alta e aí me descontrolo e cometo algumas asneiras, miúdas é, mas em geral me controlo bem, te lembras daquele dia mamãe, quando me formei no colégio das freiras, a festinha, foi engraçado não foi, eu ficava pulando feito doida, me agarrando abraçando e beijando todo mundo, falando sem parar, coisa de criançola feliz e irresponsável, tempo bom não foi, foi não é, que tolice, que tolice sem tamanho, quem te disse me conta, só podem ter sido aquelas pestes, porque me perseguem, bebi um nadinha, martini, por que elas não me largam me diz, não me esquecem hein, elas têm aparecido por aí não têm, têm sei, com a desculpa de que vives sozinha e precisas de companhia ver se necessitas de algo, como se eu não te atendesse, como se a velha Ritinha não estivesse aí à tua disposição, ela que te conhece melhor do que ninguém há longos anos, quando foi que estiveram aí me diz, quando, as três não foi, tu sempre as escutaste me recordo, desde os meus tempos de namoro com o Sylvio tu escutas elas, têm telefonado muito têm, ligo pra aí e dá sinal de ocupado sempre ou chama e ninguém atende, quem sabe tens saído em companhia delas, te levam pra espairecer e te enchem a cabeça —

coitada da senhora vivendo tão isolada sem receber visitas de ninguém até a Dulce quase não tem tempo pois não é —

não sabem que vives isolada porque queres, eu só queria te ver na companhia daquelas bruxas venenosas bruacas velhas e maledicentes fingindo pra ti e tu te deixando engambelar manobrar te fazendo falar o que não deves, o que não é verdade, depois saindo a contar infâmias a meu respeito que elas é que te contam e que depois deturpam mais dizendo que tu é que lhes contaste, pensas que não sei, tu ao menos retrucas me defendes quando te lançam ao rosto infâmias a meu respeito e que também te atingem direta ou indiretamente, retrucas ao menos, me fala, agora o que foi mamãe, não falam por mal, só sugeriram que me prevenisses e que eu me cuidasse que estão comentando muito, mas comentando muito quê, tolice te garanto, tolice das grandes sem um pingo de verdade, amigo só, bom amigo que me acompanha nalgumas ocasiões quando o Sylvio não pode e me deixa ir, quem te disse se não elas, semelhante absurdo só vindo delas, e se não foram aquelas pestes deve ter sido a cretina da, como sabias que ia me referir a ela pra te antecipares e dizer que não foi a Nelinha não, viste só, não adianta me dizer que não foi não, eu sei, eu sei, sei, porque ela não cuida da própria vida vai ver ela fala dos outros justamente pra esconder as sujeiras pessoais, eu é porque não quero contar o que sei, não me preocupo com a vida alheia, deixa pra lá, agora te juro pela salvação da vida de meus filhos que é tudo uma grande, uma enorme, uma infame mentira podes acreditar, mas que posso fazer se ele tem uma quedinha por mim mamãe, posso proibir posso, mas eu não correspondo, me comporto como uma senhora casada de respeito, falo com ele e daí, saio com ele e daí, só, claro que não iria ter segredo pra ti, nunca tive, desde pequenina te conto tudo, tudinho, lembra-te, minha confidente predileta mais do que as amiguinhas íntimas da minha idade mesmo quando tu nem me explicavas direito as coisas como no caso da menstruação, alegrias e tristezas eu reparto contigo, ia logo te contar o que me acontecia, aninhar-me no teu colo, dobrava os joelhos e os braços e ficava encolhidinha junto contigo, unida a ti, mas se é mentira mamãe, te juro e reafirmo, há quanto tempo nem sei não enxergo a figura dele, nossa roda é outra, me disseram que ele mudou voltou pra Florianópolis está pra inaugurar uma indústria perto de Biguaçu, verdade, é outro mesmo o grupinho que Sylvio e eu freqüentamos, saio cada vez menos, minhas dores de cabeça não me largam, pesadelos, minha inquietação tem aumentado ultimamente, qualquer coisa me afeta, vê isto de ontem, foi grave sim mas olha as conseqüências olha a noite que tive, a tortura, eu me via de fora assistindo me carregarem morta pra Cinelândia, depois me via correndo nua na avenida Atlântica, tudo isto porque, não insistas mamãe, eu queria era te falar disto mas não falei, porque, um bloqueio será ou porque toda vez que toco no assunto tu me desvias, me irritas, só me prevines sei, não duvidas de mim só queres o meu bem também sei, tá, te agradeço de todo o coração e só digo uma coisa presta atenção, se em lugar de crer na tua filhinha que nunca te mentiu vais acreditar nas intrigalhadas dos outros que posso fazer, apelar pra quem, me diz, tudo pra mim então estaria perdido e morto, no fundo no fundo sabes o que é, ela mesmo, sim, andou perseguindo-o e ele nem notou, ignorou-a por completo, aí ela sentiu-se ferida na sua vaidade de "vamp" da década de trinta, foi isto, só pode ter sido isto, que insisto que nada, tá bem que segredo tive há tempos uma inclinação por ele todas as minhas amigas tiveram e o perseguiram mas ele me preferiu que posso fazer me senti lisonjeada e não era para não era, qual a mulher que não ficaria mamãe, felizmente acordei a tempo, tá bem, compreendo, repito que nada e daí, o Sylvio sabe de tudo, sabe e compreendeu, te peço pra esquecermos este assunto desagradável, nem sei como chegamos a tocar nele, foste tu mamãe, tu sim, me irritas, me desvias de minha meta, tinha tanta coisa pra te contar, te consultar te ouvir, tanta, precisava, preciso, queria que me ouvisses, saber se poderias me ajudar a identificar uma figura do meu pesadelo, porque Rio e Florianópolis se fundem e confundem, porque a falta de lógica ou haverá uma lógica maior, agora não dá mais tempo, não posso, cadê tempo cadê, as crianças logo vão chegar e o Sylvio com a pressa eterna dele mal chega quer almoçar mal almoça quer sair, e a minha dor de cabeça que volta forte, tontura, mal-estar, sensação de vazio, tudo volta, voltou tudo, tudo retorna pior, não há jeito, sinto a vista turva, turbação dos sentidos, náusea, agora não adianta já te disse, pior insistir, não posso mais, me esqueci mesmo de tudo que queria te contar e do que ia te pedir, não e não, que aborrecida que nada, esqueci e pronto, só a dor de cabeça aumenta, não queria mas tenho de apelar pro doutor Castro, minha cabeça cresce, pontadas, faíscas, moleza por todo o corpo, certo mamãe, queria desabafar, sair da fossa, me diga então por que tantas coisas foram desencavadas hoje e tantas outras não foram, diga logo, foi pior eu te ligar foi sim, deixa pra lá, deixa mamãe, desliga, corta, quando será que vamos nos livrar deste cordão umbilical hein, não me venhas com desculpas que nada desculpam nem com agradinhos, nada tenho pra te desculpar, seria hipócrita se dissesse desculpo, me desculpa tu, sei que não tens culpa queres o meu bem, quem está te culpando me diz, só se tua consciência, não tiveste intenção sei, SEI MAMÃE, sei, a tua intenção foi das melhores querias me desviar, há uma voz submersa dentro de mim mamãe, será que tumentendes, e o que digo a nível de consciência não corresponde ao que sinto e quero explicar, quantas vezes já voltamos a estes assuntos, aos mesmos assuntos, e qual o resultado me diz, vamos então tentar esquecê-los tá, como se nunca tivessem existido, quem quer que tu sejas minha analista, bobagem, quem, pra isto aí estão os doutores Castro da vida, esquecer é o melhor pra nós ambas, melhor, muito, mais tranqüilo não te parece, não vamos nos magoar dizendo coisas de que depois nos arrependeríamos, depois, depois, depois, não vês que estou mais inquieta, depois já disse, depois, depois, amanhã noutra hora, é, retomamos o diálogo, nunca pararemos de dialogar mesmo não chegando a uma conclusão, que sina que nada, é, tu vens aqui, tá bem, tu me telefonas numa hora mais calma, vamos sepultar lembranças desagradáveis de uma vez por todas, tumentendes, recordar só os bons momentos que eles também existem é lógico, fruí-los, as nossas manhãs lá em casa nos fins de semana, o papai na sala, ficávamos brincando, eu no chão, portas e janelas abertas, o verde quintal e o mar verde, vocês dois ali, tu logo na cozinha preparando o almoço ou supervisionando e o papai no cadeirão de balanço dele, ao fundo a paisagem que ainda agora me chega da infância, o mar de Florianópolis, o cheiro de maresia, a sujeira do cais, os pequenos navios, pescadores que chegavam, a tainha se espalhando pela praia te lembras, compravas tainhas algumas escalavas outras mandavas defumar, e as ovas, até agora me chega na boca o sabor da ova defumada, começo a salivar, quero voltar e sentir o sabor do que já não existe mais, o perfume de uma flor, o jasmineiro subindo pela janela do meu quarto me entontecendo, chega, chega, deixemos isto de lado, não estou zangada não, que tenho motivos que nada, então tenho se queres, zangada por quê, cansada não zangada, cansada de tudo em especial de mim mesma, numa depressão que me toma o corpo, se a gente pudesse mudar de corpo, corpo não, cérebro, isto, mais o cérebro, mudar o cérebro como uma cobra muda a pele, recomeçar, mas sem deixarmos de ser nós mesmos, me compreendes não é, a alma cansada e esgotada, velha, alma de milênios, nem imaginas, sei vou reentrar numa das minhas crises agudas, sei de certeza certa e nem a lucidez perco, é melhor até que não me telefones, deixa que quando melhorar tomo a iniciativa de telefonar, não adianta não, nem venhas não vais ajudar ninguém pode nestas horas me ajudar, mentendes não entendes mamãe, entendes sim, então porque esta insistência logo agora por que, chega, pelo amor de Deus chega, ora, tu me compreendes muito bem, não tenho mais tempo nem disposição pra explicar o que entendes ou não queres entender, os meninos não demoram, logo hoje o Sylvio vem mais cedo, certo quer repousar uns minutos antes deles entrarem, depois almoçar e sair, eu também preciso tomar logo um ou dois comprimidos botar uma compressa na testa ficar no escuro me agüentar até que o Sylvio saia e os guris sigam pra escola, agora preciso desligar, ora, deixa pra lá já disse, OK, entendido, tudo certo, não é não, não há ressentimento não como poderia sei que não agiste de má-fé no máximo te deixaste levar pela lábia das três pestes e da, não, mas deves me compreender e desculpar, é o meu estado, essa tensão em que me encontro e que não me larga me perseguindo mais depois do que assisti ontem, do pesadelo da noite, fecho os olhos e vejo o estudante sendo baleado caindo no chão sendo levantado sendo carregado sendo depositado nas escadarias da Câmara, isto me persegue, que nada, bobagem mesmo, só o tempo pode curar, se é que pode, certo, dou sim, dou pros dois um beijo gostoso da vovó, que tens saudades, e um abração no Sylvio em teu nome, que mágoa, um certo desencanto talvez que é resultado do meu estado geral, não posso, de verdade que não posso, então tchau, um beijo, ora, te cuida tu, tens tomado direitinho o remédio tens, é, certo, que fazer é a vida, afinal fiquei na mesma, que mesma mamãe, queria sair da minha inquietação me apoiar em ti como quando menininha bater um papo gostoso-sossegado-calmo, saber das novas, o que tens feito, que tens visto, se tens tido notícias da terrinha, me esqueci que os tempos mudam, a vida não pára, queria coisas assim depois de te contar o meu dia, vê no que deu, paciência, recomecemos outro dia, recordações dolorosas, não ninguém tem culpa, ninguém te culpa, não deu não deu, queria me aconselhar com a minha mãezinha, acabamos mesmo sem diálogo, sempre no mesmo, num impasse, distanciadas porque podes me dizer, alguém pode me explicar, doutor Castro diz sempre —

precisa ter paciência, que paciência doutor Castro só eu, que preciso doutor Castro, não dona Dulce todos nós, então doutor Castro, mas isto é uma conquista lenta e dolorosa, diferente em cada caso, é como nascer Dulce, custamos a nos desligar dos liames, queremos voltar todos sempre ao mesmo, todos, sem preocupações, até atingirmos um ponto de equilíbrio —

tu vens com a história de sempre mamãe, e eu te retruco também com a mesma história de sempre, ainda assim não nos entendemos direito, mas não só a gente, os outros também, todo mundo sei, vivemos num círculo de fogo do qual ninguém escapa, o quê, não-não, agora é tarde, muito-muito, sei, me perco tens razão, me confundo, não digo coisa com coisa, não adianta, depois talvez, quem sabe, deixa pra lá deixa, outra hora qualquer eu ligo logo que me sentir em condições, depois, ora mamãe, não me venhas a esta altura com as tuas choradeiras que não as agüento, já te disse que não aconteceu nada de mais se o que te falei não consideras nada de mais, por favor, basta, não-não, porque agora deste pra imaginar que tudo o que eu digo ou faço tem segundas intenções, nem primeiras nem segundas nem terceiras, não tem intenções nem intenção, é o que é e pronto, o meu basta não levava nenhuma carga ofensiva como pensas, queria simplesmente dizer que chega, vamos parar, desligar, então está bem, retiro o basta, ainda alguma coisa, retiro tudo quanto quiseres mas me deixa, tu sabes que eu preciso desligar agora, não quero mas preciso já, certo, certo, então tu vens quando puderes, sim, certo, amanhã mesmo ou depois, te aviso, deixa então que eu te avise, te telefono como não e vou aí, mas lógico aviso antes, levo os guris, levo o Sylvio, se o Sylvio não puder se demorar nos deixa e depois vai nos apanhar, não tem nada contra ti não que cisma a tua, vou mesmo, se avisar cedo será que preparas um caldo de camarão pra gente, o Sylvio adora é argumento forte, podes ficar descansada, está bem, não-não, não te preocupes comigo já estou acostumada, passa sim, vou ligar pro doutor Castro, ah-ah-ah tu não te emendas, ah-ah-ah foi mesmo foi, mas porque, eles pareciam viver tão bem, depois tu me explicas tudo direitinho noutra oportunidade, é, é, conforme for eu ligo mais tarde, não sei quando, hoje não, preciso repousar, quem sabe amanhã, depende, preciso repousar já, sim, vou, estou inquieta, inquieta mesmo, é, beijos, agora tchau mesmo.

II

ARREMATES

A PERSEGUIÇÃO

Recuou, trêmula. Ainda nos ouvidos a freada brusca, o guinchar lamentoso dos pneus, uma roda dianteira quase atingindo-a. Subiu na calçada. O motorista do ônibus xingou-a. Na rua, pessoas continuavam se cruzando em todos os sentidos, sem parar nem lhe prestar atenção. O sol descia rente e rijo, mordiscava-a. Nauseada, agarrou-se ao poste, encostou a cabeça no cimento morno. O suor lhe escorria pelo rosto, pegajoso grudava-se no corpo, empapava a blusa fina, destacando os bicos dos seios. Fora empurrada? Não sabia. Alguém continua a me seguir! pensou. Olha, intimidada, para os lados.

Quadras e quadras aquela impressão desagradável, aquela sensação inexplicada: olhos observando-lhe todos os movimentos, um vulto esquivo e arredio, que nem sequer entrevira, mas pressente, acompanhando-a.

O mal-estar aumenta, toma conta dela. O vulto se transforma em realidade palpável. Adquire uma fisionomia quase comum. Já nem é bem pânico o que sente, mas um certo alívio, ao constatar a existência de algo de que há muito desconfiava. Será? Sim! Não era, então, como insinuavam, fantasia de sua mente ou resultado de doenças. Mas algo ao mesmo tempo tangível e intangível, a que Dulce precisa dar consistência.

Quando o sentira pela primeira vez? Não se lembra, não tem certeza. Imagina-o nos longes do tempo, num passado distante, inalcançável. Que processo interior, que motivação exterior, lhe reativaria a memória? Esforça-se por intuir a razão. Inútil. Sabe que a acompanha desde sempre. Latente, agachado e aguardando, pronto para dar o bote.

Agora, foi ao sair do hospital, onde acabara de visitar a mãe doente. Desceu as escadarias do velho casarão de Copacabana, atravessou o corredor, abriu a trabalhada porta de carvalho. Saiu.

Acompanhando-a, ainda nítida, a figura macerada. Entregue, fundas olheiras no rosto cavado, torcendo as mãos onde veias azuladas sobressaíam, rezas intermitentes num murmúrio, sussurrando — logo quem! Aquela mãe ávida de viver, dominadora muito embora as queixas contra o mundo, solitária e dura viúva isolada numa casa do alto de Santa Tereza.

Está só com sua angústia. E quer, mais do que nunca, ficar assim. Tudo a irrita e cansa. As dores no corpo, o mal-estar constante, milhões de finas agulhas beliscando-a, a cabeça ardendo, febre, delírio, depois uma lassidão funda, a vida imprestável, a vida podre. Corre-fugindo, perseguida-perseguidora. É cercada. Minúsculos vermes se infiltram nela, lhe mastigam o cérebro, lhe investigam o corpo. Crescem, se metamorfoseiam em estranhos animais de variadas cabeças e cores variadas. Confabulam. Fundem-se num ser único, peludo, suarento, que sobe por ela, apalpa-lhe as coxas, titila-lhe no sexo úmido, aperta-lhe os bicos dos seios. Ela berra, geme, se contorce.

Cai numa madorna; flutua, fica assim, sempre, largada, vazia, esvaziada, longe de tudo, de todos. Ou não! A cama cheira mal, a suor e podridão, os lençóis pegajosos e fedorentos, as cobertas encardidas, os remédios amargos. Não quer comer nem beber. Quer é continuar entregue a si mesma, às suas cismas, pensamentos em tumulto, voa, voga, vaga, paira, num outro mundo, presente e passado se fundem, se confundem, projeta-se no futuro, memória e imaginação, realidade e fantasia, juntas ela e a mãe, logo ela é a mãe.

Tudo é e nada é. Pensa-não-pensa: tão fácil apanhar uma doença grave, ficar no fundo de uma cama para sempre, imprestável, tão fácil ir para o fundo de uma cova, tudo terminado. Foge-correndo.

Parou. Confusa. Havia andado, sem sentir, algumas quadras. Está diante de uma vitrina. Atenta. Aqueles passos. Vira-se discretamente. Olha em derredor, gente, gente, gente.

Entra na farmácia, finge se pesar. Espreita os clientes, pessoas que chegam e saem. Qual deles estaria a...Aquele ali. Será? Não-não! Sim.

Sai. Caminha um pouco. Os mesmos passos cuidadosos, num ritmo compassado, característico, que ela já identifica. Parou. Pararam. Andou. Andaram. Mais um tanto. No meio da quadra, já perto da avenida Atlântica, ela se vira rápido: estugou os passos, dobrou uma esquina, plac-plac, correu, plac-plac-plac. Olhou, para um lado e outro, mais rápida, livrar-se, ofegando encarou as pessoas, impassíveis, impenetráveis. Recuou: acuada. Desandou caminho naquela selva, mirou atenta o interior de uma loja de discos, as capas coloridas e chamativas, cantores e conjuntos se oferecendo, uma canção jorra, a frase melódica, "vem, vamos embora, esperar não é...", a melodia se espraia e perde nos passos compassados, um-dois, um-dois, plac-plac, outras interferem, a mesma frase volta a dominar. Foi andando, a frase musical servindo-lhe de refrão, indo e vindo. Sumia, retornava.

Andou mais um pouco. Os passos dela, miúdos, um-dois, um-dois; os do perseguidor, elásticos, um-um, dois, um-um, dois.

Estacou numa esquina, a caminho do Leme. Demorou-se, outra vez indecisa. Que rumo tomar? Atrapalhou-se com o tráfego contínuo, o burburinho.

Entra numa lanchonete. Ressabiada, olhando fixamente para as fisionomias diante dela. De jovens ou velhos, abertas ou fechadas, animosas ou indiferentes, muitas agressivas. Qual delas, qual? Nenhum conhecido. Mas isto pouco importa.

Dulce tem certeza: está sendo seguida, vigiada, caçada. Volta a se interrogar: quem poderia ser e por quê? Senta perto de uma janela. Tem uma visão bastante boa do interior da lanchonete e do exterior, abarcando toda a rua.

O garçom vem atendê-la. Posta-se ali silencioso. Observa-a em expectativa. Como Dulce permanece calada, pronuncia um atencioso e formal "— às ordens, madame!" Repete, segunda vez, uma nota mais alto. É preciso que insista outra e outra, que lhe chame a atenção: "— dona, dona!" Magro e fino, nariz de pássaro, firma-se num ou noutro pé. Dulce nada quer, mas fica constrangida. Preciso pedir algo. O quê? "Deixe ver... um momento... Me traga... tem aí o... isto mesmo. Obrigada. Vou escolher." Folheia o cardápio. Distraída, longe. Lê nomes de comidas e bebidas, doces e salgados, iguarias de procedências diversas, de sabores desconhecidos. Desconhecido! Eis seu perseguidor: um desconhecido.

O garçom voltou. Encara-a. Encontra-a com o cardápio largado na mesa, mãos em cima dele, olhando para longe, acredita perceber um som-eco final de frase ou palavra..."...nhecido". Espera. Irritado, repete a fórmula convencional: "— às ordens, madame!"

Dulce não escolheu ainda, sorri, sem jeito: "— me deixe ver... me traga um, não, momentinho... quero um lanche quente, é isto, coisa rápida, estou com pressa. Não, com este calor... olhe, me dê um suco e um sand... Não-não, espere. É isto. Deixe-me escolher um sorvete. Um, este aqui, aqui!" Paciente-irritado, o garçom se curva: "— Que mais?" "— Só." "— Pois não, madame."

Vai providenciar. Dulce se vira na cadeira, os nervos retesados, analisa uma a uma as pessoas, mas não pode perder de vista a rua. Aquele ali, bem poderia ser, tem um ar suspeito. Imagina-o perseguindo-a há muito, sabendo de todos os seus movimentos, investigando-lhe a vida. Não. "Aquele ali" é um jovem magro, quase imberbe, cabeleira comprida e corrida, camisa multicor, que sorve um suco muito calmamente e fuma sem parar. Tem um ar suspeito na maneira de encará-la-não-encará-la. O jovem, pensa Dulce, bem que tenta disfarçar, em vão ergue o copo para esconder o rosto e bebericar o líquido amarelento. E se fosse aquele outro, estava de costas, virou-se na cadeira quando entrei, escondendo-se. Onde será que já o viu: cinema, praça, bar, praia, restaurante; ou na rua Paissandu, ao lado de seu prédio, encostado numa palmeira! Quem sabe no Largo do Machado, ali perto do chafariz, saindo da igreja, folheando um livro na livraria? Sempre com ar esquivo e suspeito, um dia mesmo quis abordá-lo, o senhor me diga por que me segue, lhe gritaria, onde já se viu, ordem de quem, desde quando, dos tempos de... quero saber, tem de me contar...berraria para todos ouvirem, ele haveria de responder, mas minha senhora, por favor, o que é isto, eu... como todos os outros, uns fingidos naquele ar de surpresa, mas ela não o largaria não, grandes sacanas, é que todos são, sim, não vai deixá-lo escapar assim, não desta vez, desta vez não adianta, vou chamar a polícia, o senhor vai ter que contar tudo... agora me lembro, eu me lembro... titubeia de novo... "Aquele outro" é um senhor de meia-idade, gordote e pachorrento, mastiga umas torradas enquanto folheia um jornal na página de esporte. A pasta que tem ao lado é pesada, está cheia. Cobrador ou vendedor — já diagnosticou o garçom com seu faro afiado. Ou então este um que entrou agora, esperou um pouco para não dar muito na vista..."Este um" passa perto dela, encara-a com ar de posse, despe-a num átimo, examina-lhe o corpo, as coxas, a bunda, o sexo, sobe até os seios, a curva do pescoço, detém-se nos pés, fixo nos dedos, recolhe os olhos, prossegue, enfastiado, senta-se ao lado de uma meninota, apodera-se com ímpeto de sua mão, toma-lhe a cabeça com a outra mão, puxa-a em sua direção, beija-a nos lábios com violência, uma, duas, três vezes, suga-a, deixa-a sem respiração, vibrando tensa, depois se recosta na cadeira, levemente enjoado, fez a sua obrigação, meu Deus, estas mulheres são incontentáveis. A jovem Dulce se derreia, se derrete, quer mais, se amoldou aos seus lábios, ele recua, ela lhe enterra as unhas nos braços. Depois os dentes. Não me enganas com este amor-sexo todo fingido, fabricado pra consumo imediato, sei o que queres, porque me observas... A Dulce-madura está na cadeira, estática. Tudo acompanha. A dualidade não a espanta nem comove. Aceita-a com naturalidade. Mas esta sensação também não dura. Outras figuras estão circulando, entram e saem, sentam e levantam. A perseguição extenuante continua. Fora dela, junto dela, com ela, ao lado dela, dentro dela.

O sorvete já veio. Começa até a derreter. Balouçante Torre de Pisa, muito colorida e enfeitada, com frutinhas e um biscoito pousado bem no alto. Ela examina, concentrada ao extremo. Prova. Esmera-se na operação, serve-se com cuidado, que não desabe aquele monumento. Por um instante se esquece de quem é, de onde se encontra, atenta à tarefa, só ela e o sorvete existem e lutam e se entredevoram e machucam. Na ponta da língua o sorvete queima e se derrete. Ela engole, trinca um morango, mastiga-o lentamente, uma gota vermelha lhe escorre pelos cantos dos lábios. O sabor áspero provoca-lhe arrepios.

A desengonçada e desgraciosa Dulce-meninota, pernalonga de mil braços, corre-correndo de um lado pro outro no mercado de Florianópolis. Mexe, ri, olha, brinca. É de noitinha já. Ao longe, a silhueta da velha ponte de ferro fura o céu, depois vem se espojar na água murmulhante, chicoteada pelo vento.

A mistura de mil odores entontece Dulce. Ali as cestas de morangos, vindas de tantos lugares, Santo Antônio, Biguaçu, Tijucas, Palhoça, estão encostadas, o rubro-sangue pingando, tingindo os caixotes, ensopando o chão. Ela passa entre as bancas, apanha um punhado aqui, outro ali, mastiga-os sem lavar, o gosto carregado, aquele sabor áspero e ácido tão definido misturado ao da terra. Pega outro morango, agora só um, um só enorme, roda-o nos dedos, o vermelho mais carregado, maduro demais já, quase passando do ponto, quando tende para o roxo e começa a amolecer. Leva-o à boca, mordisca-o. Cospe. Toma um punhado de pequenos morangos verdoengos com sabor a chuva e terra fresca. Saboreia-os. Está desatenta.

De repente é agarrada. Uns braços peludos, um riso arrastado, um bafio quente, barba hirsuta que lhe fere a face. Sensações indefinidas, flutua. Forceja por se libertar, quer livrar-se, sumir. "— Me solte, me solte!" quer recuar, trêmula. Os braços a prendem mais. Mãos lhe sobem pelas coxas, pinicam, lhe apalpam os peitos nascentes. E apertam, apertam. Nem um som do vulto que mal entrevê na semi-obscuridade. O pavor a envolve, recomeça a gritar, "— não, não", o grito se alteia e perde. Ela verga, haste nova batida pelo vendaval. Tudo se fechou em torno dela. Morde, esperneia. Num safanão brusco se livra, sai correndo, perseguida.

O garçom acorre, "— não-não", o grito. Dulce soluça, ofega, geme, dor-gozo, gesticula "— não-não", tenta afastar alguém de perto. Agora relaxa, descansa. Silêncio. O choro se esvai, o corpo largado. A torre de sorvete desabou, começa a derreter, a colherinha largada no prato.

Dulce levanta. Titubeia. Paga. Sai. O calor, que nem mil braços, a envolve e sufoca.

A multidão se movimenta, transpira, flui, reflui, se agita, corre, pára, volta a correr, por entre o businar insistente e irritante dos carros, o guinchar ininterrupto e ensurdecedor das bruscas freadas, os canos de descarga abertos, os muitos ruídos indistintos de uma sinfonia que se funde e compacta, a fuligem possuindo o ar, subindo, esgarçando-se e tornando a formar densas camadas, perdendo-se no alto dos mais altos edifícios. Dulce, envolvida na multidão, persiste na procura. O bairro a engole, a rua a devora, a cidade a envolve e devolve sua imagem multiplicada.

Um táxi. Faz sinal. Corre. Entra. Afunda-se no assento. Respira aliviada. "Flamengo. Rua Paissandu." O táxi parte, célere, coleia. Sonolência. Mas o alívio não dura. Remexe-se, fixa a nuca do motorista, olha para os lados. O pensamento jaz amortecido mas logo se insinua: em qual dos outros carros virá seu perseguidor.

DAQUELAS PESTES
(depoimentos)

A verdade é que não tomo conhecimento da vida de minha cunhada. Para mim Dulce não existe. Sei que me picha. Paciência. Diz que vivo a me intrometer na vida dela. Mentira. Tenho é pena do Sylvio, de meus sobrinhos, coitados. O Sylvio não merecia. Trabalhador, esperto. Quer progredir. E que formação os meninos poderão ter? O exemplo em casa não é nada edificante. Mas não quero entrar neste assunto. A experiência que tive foi dolorosa. Logo no começo, depois do casamento, ainda tentei. Não, eu não queria, nós da família não queríamos o casamento. Os motivos, óbvios. Nada sabíamos da família de Dulce. Quem seria, o que seria, existiam pontos obscuros. E ela, bem. Enquanto a nossa... E o caso da mãe, enfurnada em Santa Tereza. Por quê? A formação de Dulce, o que sabíamos dela de ouvir dizer, informações foram pingando, uma daqui outra dali. Mas Sylvio é teimoso, insistiu, penso mesmo que nós cometemos um erro. Se a gente tivesse afrouxado um pouco, sido mais hábil. Mas mamãe não é de reagir, papai, com as explosões dele que se sucedem ao acabrunhamento, não melhorou as coisas. E nós, as irmãs, fomos agressivas, deixamos transparecer nossa discordância. Erro crasso. A verdade é que depois da morte de Júlio papai mudou muito. Gosta de Sylvio, gosta de todas nós filhas, mas ninguém nega que as esperanças dele se centravam em Júlio. E um acidente besta acabou com tudo. Papai ficou mais irritadiço, sem paciência para as coisas práticas, inerme, agarrado naquela janela, olhando para o mar. O sonho dele era convencer Júlio a voltar pra Campos, recuperar a usina, fazer renascer os canaviais. Um dia, Júlio estupidamente morto, nem isto lhe restou. E o Sylvio sempre aloprado, que teria visto naquela moça meio gordota, alourada sem graça, instável, ele que tantas aventuras tivera, cobiçado por jovens da melhor sociedade do Rio e de Campos? Não sei. Qualquer coisa que Dulce fez estou certa. Um despacho, quem sabe. Até meu casamento, se em parte desmoronou foi culpa dela. Devo reconhecer que Dulce tem qualquer coisa que atrai os homens, que os chama. Sexo puro. Não é fascínio não. Boa bisca que é o meu ex, aquele cretino, não é que se deixou levar. Não afirmo que tenham chegado a um caso. Sim, eu me deixei embeiçar pela lábia dele, não quis ver. Mas que ela teve parte da culpa, lá isso teve. Recordo só um fato, um só. Carnaval, Dulce noiva nesse tempo, fomos todos a um baile no Quitandinha. Bebeu-se muito, todos brincando sem maldade. De repente, cadê a Dulce, todos preocupados. E o meu ex, ele também sumido. Fomos encontrá-los, depois de muita procura, sentados num banco lá nos fundos, com a explicação de que Dulce se sentira mal e os dois tinham saído para que ela apanhasse um pouco de ar. Não sei. Nunca consegui tirar a limpo, ela é muito esperta. Me lembro que nós tínhamos passado por ali sem vê-los. Diz Sylvio que não. Eu não insisti. Diz ele que é a minha má vontade. Sei que o Sylvio acreditou nela, acredita sempre. Eu fiquei em dúvida. Pouco depois me separava. Não odeio não. Ignoro. Desprezo. Nos falamos, sim. O essencial. Às vezes, quando vejo as coisas chegarem longe demais perco a paciência. Em geral me controlo bem, não sou como a Tereza, estourando sempre, dando vexame, criando situações difíceis e quase irremediáveis. Isto não adianta nem resolveria a situação. Afinal o Sylvio é nosso único irmão, só seus filhos podem manter o nome da família, mamãe está velha e indiferente a tudo, muito doente, papai irascível ou apático. Dulce fala de mim, sei. Nada do que diz me atinge. Meu casamento tinha que ser um fracasso. Mas tenho a consciência tranqüila. E sei que sobramos nós para manter o bom nome da família, a tradição dos nossos que vem de longe. Eu era muito jovem, inexperiente, deixei-me empolgar pelo brilho fácil da vida com que o meu ex me acenou. Quando compreendi que não daria mais certo — pedi o desquite. Fui eu, eu. Depois ele andou dizendo que não podíamos continuar. Questão de temperamento. Só se mau caráter mudou de nome. Mas nunca teve um "assim" para dizer de mim. Algumas más línguas como a de minha cunhada é que depois andaram tentando insinuar. Coisas sem pé nem cabeça. Quem me conhece sabe que é calúnia. Pronto. É isto. Tudo o mais que pudesse dizer nada acrescentaria ao fato de ser Dulce uma instável, uma inconseqüente, uma compulsiva, necessitando da atenção constante dos médicos, sim, vou ser clara, uma maníaco-depressiva, agüentando-se à custa de psicotrópicos. Qualquer dia desaba da corda bamba em que se sustenta. Não quero. Tenho pena do Sylvio, de meus sobrinhos. Mantenho-me perto de pena deles. Para ampará-los no momento oportuno.

Amparo-me em Deus. Ele a todos salvará. Deus-Nosso-Senhor que se compadeça do Sylvio e dos dois pequenos inocentes. Rezo muito, apelo para o Altíssimo. Nas minhas orações não me esqueço nem de Dulce. Todos nós temos a nossa cruz. Precisamos carregá-la com unção. Se o próprio Cristo carregou a dele! Mas nossa família não merecia. Até hoje não compreendo. Como foi que Sylvio não percebeu. Tão vivido. Vai ver é isto. Os que se julgam mais espertos. Caçula, então depois da morte de Júlio todas as esperanças de papai se concentraram nele. E nós, para nós tudo era Sylvio. Penso que isto foi um mal. Não percebemos a extensão senão quando era tarde de mais. Ela se aproveitou... como foi que Sylvio se deixou envolver não compreendo. Ninguém compreende. Mais idoso que Dulce, tão mais experiente — ou não? Mais vivido sim — e no entanto quando viu não tinha como escapar. Até eu, diante do mal feito, fui favorável ao casamento. Tinha que ser. Minhas irmãs me recriminaram. Agora é agüentar. Não compreendo como minha irmã sugeriu que ele não casasse. Bem, do ponto de vista dela...mais tarde não veio a se desquitar, contrariando todos os princípios da nossa Santa Madre Igreja? Vive agora em pecado permanente, amargurada. Já Tereza, minha irmã mais moça, o quê dizer. Sua salvação é difícil. Se bem que para Deus nada é impossível, sei. Confio em sua misericórdia. Rezo por todos. Mais por Tereza e Dulce. Minhas forças serão suficientes? Não sei. Às vezes me sinto fraquejar. Armo-me de toda a coragem. Faço promessas. Não subi o outeiro da Glória de joelhos só porque Sylvio se recompôs daquele baque no Carnet Fartura? E no banco Itabira. Eu prometera uma vela da altura dele. Logo depois tudo não melhorou financeiramente? Deu sorte, comprou dólares que logo subiram, a firma de importação e exportação vai bem. Deus ajuda a quem nele confia e a quem apela para Ele. Sei que tenho de lutar por todos. Luto. Lutarei. Mamãe, coitada, está acabada. Papai levou dois golpes que liquidariam com alguém até mais forte. Não sei qual o maior, se a derrocada em Campos ou a morte tão estúpida do Júlio. É de doer o coração ver o canavial sumido, a usina parada, a venda dos terrenos. E o Júlio tão cheio de vida e sonhos. Foi uma prova dolorosa para todos nós. Mas Deus sabe o que faz. Não seria melhor assim, ter levado Júlio de quem todos conservamos uma imagem pura, do que transformá-lo num novo Sylvio, manobrado por uma mulher sem escrúpulos, que Deus me perdoe. É por caridade cristã e para poder amparar Sylvio e meus dois sobrinhos na hora oportuna que ainda mantenho relações com Dulce e a visito algumas vezes. Meu padre confessor diz que estou certa. Que não me preocupe com o que fala Dulce de mim: diz que a espiono para depois vir falar dela. É uma pobre-coitada. Os médicos que a trataram e de quem depois sai dizendo as maiores barbaridades é que a conhecem bem. Só Sylvio parece tudo ignorar. Será inconsciência ou teimosia? Talvez seja até melhor. Não quer reconhecer que errou. Sofre. Sei que Sylvio sofre. Sinto. Sem querer uma vez assisti a uma cena. Deprimente. Triste. Cheguei de repente no apartamento deles. Toquei a campainha. Ninguém veio atender. Mas eu sentia ruídos. Mexi no trinco. Porta sem fechar à chave como sempre, embora a gente esteja a prevenir do perigo que isto representa. Pedi licença, entrei. Tudo vazio na sala, no corredor. Fui na cozinha. Falei com a empregada, que me atendeu surpresa e ressabiada. Não escutei tocar não, não sei não senhora — era só o que repetia. Desconfiei. Entrei no quarto dos meninos. Ali estavam Sylvio, Dulce e o maiorzinho, o Marquinho. Silêncio pesado. Sylvio de cara fechada. Dulce com ar de culpa mas sempre aquele desafio nos olhos selvagens, alucinados. Receberam-me de má vontade. Me parece que se calaram quando ouviram meus passos. Que foi — perguntei. Nada não — disse Sylvio rapidamente. E eu: que nada se estou vendo estas marcas no rosto do menino, o choro contido. Titia — soluçou ele — titia me ajuda me leva daqui me leva pra tua casa. Foi interrompido por um grito do Sylvio — cala-te, menino! Eu nunca vira meu irmão assim. Dulce quieta, me olhando com ódio. Me pus a invocar meus santos, que me protegessem, nos protegessem. Rezei. Os soluços mais fortes impediam que Marquinho falasse. Ti... titia — repetiu titia. Vem meu bem, vem aqui com a ti... comecei eu quando um grito de Dulce, um grito animal vindo das entranhas me interrompeu: Solta. Deixa. Vai-te embora. Larga. O que queres aqui? Megera! Por que vens te meter com os teus santos, bisbilhotar. Nada tens que fazer aqui. Vai. Fora. Fo-ra. Fora anda. Dulce espumava. Praguejava. Blasfemava. Avançou na minha direção. Sylvio se interpôs. Conduziu-me em direção à porta. Vai, por favor. Vai agora, me disse. Mais do que o pedido, o tom da voz, implorativo, sua expressão, seus gestos e seus olhos me convenceram. Eu nada poderia fazer ali. Ao contrário, minha presença, no estado em que Dulce se encontrava, só poderia atrapalhar. Exasperá-la. Saí. Fui rezar. Por eles.

Só por eles me exponho. Sylvio, meus sobrinhos. Dulce é uma víbora. Fingida, além do mais. A mim não engana. Não é com rezas que se vai domá-la. Minhas irmãs não sabem lidar com ela. Reclamações ou explicações, ajuda ou reza, não adiantam. A gente tem é que enfrentá-la. No duro, de igual pra igual. Caso contrário, se a gente lhe dá a mão, ela não se contenta nem com o braço. Toma logo o corpo todo. A alma. A vida. Suga a pessoa. Exaure-a. Intrometida também. Em lugar de se preocupar com a própria vida, vive a vigiar os outros. Comigo então só vendo. Marcação completa. Mas ela está certa? Não! Quer saber o que estou fazendo em casa, no serviço, na rua, quais as minhas companhias e novas amizades, onde vou. Bolas! E ela? Eu sou só. Livre. Desimpedida. Ela não. Sylvio é que...Bem, deixemos disto. Não, por mais que eu procure não encontro explicação válida pro Sylvio ter casado. Minha irmã com a carolice dela: pecado, deve-paga. Ora, ela deu porque quis. Gostou. Melhor, esperta, conhecendo Sylvio como conhecia, contando com a conivência da minha pobre irmã, sim porque aquilo só pode ter sido conivência mesmo que inconsciente, sabia que o casamento era certo. Arriscou tudo numa cartada. Quero que me expliquem por que até minhas irmãs foram favoráveis, uma sem interferir a outra com o argumento calhorda de que fez deve pagar, depois Deus... Bobagem. E seria ele o primeiro. Bem, é outro problema. Tenho minhas dúvidas. Fosse ou não, ou mesmo sendo, se ela se comportasse. Não: é uma matusquela completa. O Sylvio pagar! Estamos pagando todos nós. E os pobrezinhos dos dois inocentes. Por que ainda foram fazer filhos? Que culpa têm eles no cartório? Gente assim nunca deveria ter filho. Proibido por lei. É. Por lei. Depois, se ao menos ela se tivesse acomodado! Mas nada. Que nada. Acho que piorou. Com a desculpa de que é doente faz gato-e-sapato do pobre Sylvio. Coitado! Quem diria que o meu irmão, logo ele, tão vivo, acabaria assim. Tantas mulheres à disposição.

Aqui se faz aqui se paga. Caiu no laço. Trabalhador, arrojado, atilado, atirado até, se tivesse alguém em casa equilibrado que o incentivasse iria longe. Reconheço que foi um pouco mimado. Então depois da morte do Júlio, mamãe e papai, nós mesmas, tudo era Sylvio, como se dele dependesse o futuro do mundo. Por isso mesmo não compreendo de que maneira se grudou a alguém assim, uma mulherzinha daquelas. Ou aí está a explicação? Se ainda fosse uma beleza fascinante, inteligência superior. Nem puro sexo como acha minha irmã. Nada disso. Medíocre em tudo, deselegante e desgraciosa até, e para cúmulo instável, doente, nervosa, inquieta — ora, demos logo nome aos bois: doente mental. Espera lá. Será mesmo. Tenho minhas dúvidas. Doente mental pílulas. Fingida de merda. Condicionou foi a mente de nós todos com essa coisa de doente mental, de coitadinha. Doente mental não, isso ela não aceita; maníaco-depressiva, os tratamentos deverão curá-la, descobrir a raiz do mal. Pois sim. Com isso faz o que quer, passa o pobre do mano pra trás. Não é imaginação não. Nem má vontade. Certeza certa. Muito esperta não se deixa apanhar. Mas eu sei, eu sei. Não contei para o Sylvio mas dei a entender. Não adianta. Ele não quer ver. O pior cego... Paciência. Minhas irmãs não a enfrentam, meus pais a aceitaram, mamãe por comodidade, papai vencido por não sei qual misterioso encanto que vê nela, Sylvio ela sabe levar. Só eu resisto. Às vezes carrego minhas irmãs para o meu lado, as três a enfrentamos. Mas são tão paradas, umas molengas. Uma, desiludida com os homens sem poder esquecê-los, marcada pelo desquite e inconformada, a outra achando que a religião resolve tudo, tudo é pecado, sublimando o sexo, definhando, amargurada. Boas pessoas, sei. E daí? Enquanto isso ela vai tomando conta, vai minando, vai manobrando, vai mandando, vai subindo. Qualquer dia é mais dama da sociedade do que a Nelinha, dando recepções, não convenceu o Sylvio a se desfazer do apartamento na rua Paissandu, tão bom, para comprar o outro por uma fortuna no Morro da Viúva, não foi? Mais *status*. Boa dupla faz com a tal de Nelinha, diga-se de passagem. Agora, que minha cunhada sabe se proteger, sabe. E bem. Só uma vez consegui fisgá-la. Ou quase. Escapou mas deixou pendente uma dúvida meio certeza. Eu tinha ido na Barra da Tijuca. Bar dos Pescadores. Turminha legal. Espairecer. Saí do trabalho direto pra lá. Uma sexta-feira. Noite já quando chegamos. Sentamos, pedimos bebidas, rimos, brincamos. De repente, mais alto que tudo, aquela risada característica tendendo para o histérico. Tão dela. Só podia ser. Que faria ali em tal hora, num começo de fim de semana, quando devia estar em casa com os filhos e o marido? Eu tinha certeza que o Sylvio não estava ali. Estaria? Não! Chegou a minha vez, pensei. Ri. Me pagas o velho e o novo. Quero ver agora se o bobalhão do Sylvio pensa ainda que é marcação minha para contigo. Como daquela vez com o Édison. Quero ver. O velho e o novo. Em minha mente corriam as muitas que me fizera a doce Dulce, antes e depois de casada. Tudo marcadinho. Lembrei-me mais do Édison, nem sei por quê. Um dia até pensei...Será que ele não se afastou de mim por causa dela. Não, é! Lembrei outros casos. O pai reclamando que nós a tratávamos mal. O pai se derretendo quando minha cunhada chegava. O Sylvio reclamando que não a tratávamos bem. A mãe reclamando que a maltratávamos — e com isso mamãe alegava não ter paz nem sossego devido às nossas constantes discussões. O novo. Meus sobrinhos largados. Sylvio não querendo ver. Ela cada vez mais solta, mandona, senhora de si, pulando de médico pra médico. Ri mais alto: chegou minha vez doce Dulce. Levantei-me. Sai para a parte de trás do bar. Lá estava ela com alguém que eu não conhecia. Muito bem, que explicação darás. Antegozava o momento. Porque eu queria uma explicação completinha. Para poder depois desmontar tudo. Os dois muito juntos, rindo, copo na mão, segredando, a outra mão dele encostada no cotovelo dela, num apertão íntimo. Não me viram. Fiquei ali. Parada. Agora se beijem — eu implorava — se beijem. Fiz promessas. Uma vela do meu tamanho pra São Benedito. A macumba a que eu iria. O despacho que tinha mandado fazer daria resultado, já daria tão cedo? Por que não!? Viraram-se um para o outro, eu agora lhe via os olhos brilhantes de desejo, entregue, aproximavam-se mais e mais. E riam, riam. Ergueram os copos, beberam. Afastaram-se. Iriam sair? Não-não! Eu apertava as mãos, implorava. Eu gemia. Me concentrava. O poder da mente, ele existe, aquele curso que freqüentei, o que aprendi. A gente querendo o poder da mente existe e atua; eu quero, eu quero. Se existe e se eu quero o meu é mais forte, fará com que eles se agarrem agora, já, aqui. Concentrei-me. "Tereza! Tereza!" Ela virou-se, rápida, tensa. Alguém me chamava, alto. Procuravam-me. "Vamos, Tereza, só faltas tu. Vamos. O que fazes aí? Está na hora, Tereza." Eu queria chorar. E era um "Tereza" atrás do outro. Eu esquecera um compromisso: ir bebericar na casa de um amigo lá da agência. Eu chorava. Um bolo na garganta. Ódio. Eu queria morrer. Dulce se recompunha do susto. Voltou-se para o companheiro. Cochichou. Encaminharam-se na minha direcão. Calmos. Nenhuma expressão de culpa. Apresentou-o: "É o doutor Manfredo, cliente e amigo do Sylvio, chegou ontem de Manaus, tem uma indústria na Zona Franca. Vamos jantar, quer jantar conosco Tereza?" Na voz, puro mel: "Eu já lhe tinha falado nela, doutor, é a minha cunhada Tereza, a que trabalha naquela agência de publicidade." Dois formais "prazer", "prazer". Um silêncio. Depois: "nos acompanha." E eu: "não, tenho compromisso, estou de saída." Parados na porta meus amigos me chamavam: "vamos logo Tereza." Odiei-os como nunca odiara. E Dulce: "pena. Sylvio não demora, teve que resolver um assunto importante de última hora, nós acabamos vindo na frente." Aquilo era explicação pra mim. Sim, explicação. Nas entrelinhas dizia a safada não foi ainda desta vez, não me pegaste, não é. Despedi-me. Saí. Desculpas, tudo desculpas. Pode ser até que o Sylvio viesse jantar. Ninguém me convencia não. Mas tinha que reconhecer: o santo da doce Dulce era forte demais; porém um dia ia acabar se descuidando...Sim. Ela não prestava. Não presta. Pronto. Vou provar. Conversa de médicos a doença complicada. Não presta. Tratamentos, sofrimentos, mil explicações — nada disto me convence. Uma depravada, uma desavergonhada, uma fingida — é o que é. Sylvio um trouxa.

A FAMÍLIA DELE

Viera de Campos. Zona dos canaviais, das usinas de açúcar que fumegavam deixando um cheiro adocicado por tudo, das intermináveis fazendas.

Fora varrida pela crise que assolava a região, pela mecanização, por novos hábitos de convivência e comercialização, de troca e barganha. Obrigada a se desfazer do que possuía. Antigas estruturas ruindo, engolindo na sua derrocada costumes e tradições que todos acreditavam imutáveis.

Acabara na praia do Botafogo. Num desses prédios enormes e antigos, apartamento amplo, de frente, vista para o mar — mas onde todos sufocavam, reclamavam, se esbarravam.

Trancado no apartamento, o pai vivia numa pasmaceira, grudado à janela, dali saindo para as explosões de ira. Só via o mar. Um verde canavial. O mar. Com suas ondulações, suas mutações, sua calma aparente e enganosa logo batida pelos ventos, suas bruscas transformações, suas cambiâncias. Da janela o pai se perdia no mar. De novo na sua terra, com sua gente, andando entre o alto e extenso canavial, dando ordens, resmungando, tomando providências. Mandando.

Na casa grande, sentado no alpendre, tardezinha, o sol descambando, olhava a criadagem, os trabalhadores do eito, admirando o canavial lá no fundo a se perder de vista, o engenho de açúcar, os bois moendo, as crianças rindo e pulando no jardim, no pátio. Recuava mais no tempo.

Criança era ele. Ele estava no alpendre e ao mesmo tempo no jardim, sentindo o odor do açúcar sendo apurado nos grandes caldeirões, não este açúcar incolor e de gosto incaracterístico, mas o que a gente fazia em grandes tachos de cobre e consumia, e acabaram com ele. Os grandes tachos fervilhantes, os bois na moenda a moer a cana, o sumo e a espuma, um ringido lento, monótono, igual, continuado.

Agora, olhos perdidos no longe, ficava horas na janela vendo o mar, aos poucos o mar ia se transmutando, era o canavial com suas ondulações, batido pela viração, ele se encaminhava para o meio do canavial tão alto, perdia-se nele, as folhas verdes, a água verde, de um verde cambiante, o sussurro do vento passando entre a folhagem, lá longe um tom esmaecido tendendo para o amarelo sujo, os pássaros, os passos, procurava os empregados onde estariam, hoje tudo mudara não era como dantes no tempo de seus avós quando a criadagem obedecia, podia-se confiar, contar com ela, os olhos vagavam vagos, pronunciava palavras ininteligíveis. Tinha acessos de raiva, empunhava a bengala que zunia pela casa, buscando, buscando o quê?

A mãe abominava o barulho constante do tráfego que subia até o nono andar, impedindo-a de ter paz, de se concentrar por inteiro na sua doença, de se dedicar ao seu tricô, de ver a sua tevê.

Ambos alegavam haver mudado por insistência dos filhos desejosos de buscar novos ares, procurar maiores possibilidades de realização.

Esqueciam-se de que a situação em Campos se deteriorara tornando-se insustentável. Sorte o que tinham conseguido pelo engenho, pelas casas, pelas moendas antiquadas, pela terras fracas, pelos animais. Um bom dinheiro que dentro de pouco ninguém mais lhes daria. O comprador de fora, testa-de-ferro de uma multinacional que queria reformar tudo aquilo, adubar a terra e partir para uma cultura extensiva e intensiva. A palavra era: derrubar, reformar, modificar. Única saída.

O pai não podia, faltava-lhe ânimo e fôlego, vinha de épocas passadas, apegado ao pai, ao avô, ao que lhe legaram, não queria se adaptar ao progresso, às grandes usinas, aos modernos métodos de produção, sem poder ele mesmo controlar, supervisionar, olhar por tudo. Ultrapassado, vencido. A deterioração, no entanto, começara antes. Lenta, imperceptível mas tangível. Avô já dizia ao findar, entre achaques e ataques de melancolia, sentindo a derrocada de tudo, meu filho quero morrer logo, não quero ver o fim da família, a derrubada do que os meus me legaram. O fim chegara com o pai, o pai do pai de Sylvio. A nova geração nada mais tinha a ver com aquele mundo.

No Rio viviam de rendimentos. Sem grandes folgas mas sem maiores problemas. Procurando adaptar-se ao inevitável.

Quase o conseguiram.

A morte de Júlio foi um duro golpe. Júlio sim, poderia recuperar para a família o antigo prestígio, as chaminés voltariam a fumegar, os bois ruminando na fazenda, a plantação de cana a perder de vista, o odor adocicado-enjoativo do açúcar grosso nos caldeirões...quem sabe retornar a Campos, insânia a venda, insânia a mudança, readquiririam o domínio da vasta propriedade herdada de seus ancestrais, comprariam outras.

Com a morte de Júlio tudo acabara. Ou tudo renascera. Encontrara uma motivação, transferira para um sonho impossível o que não queria saber impossível.

Júlio. A notícia de supetão. Morto. O telefone. A voz neutra: é aí a residência do "seu" Júlio. Sim. E logo: temos a informar que ele morreu. Trote, só podia ser trote. Mas quem faria uma coisa dessas? E logo a confirmação. Júlio morto quando visitava um amigo. A chegada da polícia, o tiroteio, a morte estúpida, o fim de tudo, o fim.

Sim, tinha ainda o Sylvio. Mas o Sylvio...As reticências que sempre lhe acompanhavam o nome tudo diziam. Bom menino o Sylvio, bom filho, só que...estouvado, fascinado pela cidade grande, pelo Rio, encantado com as facilidades do Rio, a boa vida, as mulheres, os negócios fáceis.

As três filhas. No começo ensaiaram um princípio de libertação, cada qual cuidando de sua vida, indo aos poucos para além do mundo familiar tradicional. Depois da morte do Júlio, percebendo que os pais se fechavam e relaxavam a guarda, foi como se todos os vínculos se houvessem rompido.

Alto, rosto vermelhusco, forte ainda nos seus quase oitenta anos, casmurrão e irritadiço, o pai sentia-se aprisionado, não se adaptava à vida no apartamento. Refugiava-se na janela. Libertação. Falava sempre em retornar ao seu cantinho em Campos, lá sobrara-lhe uma casinha, o que queria mais? Sonhava com aquela vida, nos derradeiros tempos esperara um milagre.

Deus não lhe levara Júlio em vão. Quis empregar o dinheiro de um irmão morto para recuperar o que vendera. Não deixou que ninguém tocasse na parte que lhe coubera. Mas perdera o contacto com a realidade, seu pedaço na herança nada significava. A família se recusou a participar da aventura e o novo proprietário das terras ria da proposta.

O pai queria rever os amigos, bater um papo sossegado. Ficar por lá. Era o seu mundo. Mas tudo não passava de sonho, fantasia, caduquice. Tentou se adaptar. Seriamente. Inútil. Procurara, nos primeiros tempos, sair, fazer rodinhas ali por Botafogo, visitar antigos clientes e conhecidos, gente que lhe adquirira, quando?, parte da produção das usinas. Não encontrou ninguém, por onde andariam, uma pessoa não pode se evaporar, os poucos que encontrou não o reconheciam, viviam num outro mundo, apressados, distantes, haviam se enfronhado em novos e maiores negócios, nem se lembravam mais dele, tinham uma vaga idéia, não tinham tempo para lhe dedicar ou perder com um passado morto, enterrado, que não retornaria, não retornaria.

Reclamava. Brigava. A bengala esplendia. Refugiava-se na janela. Falava da vida de lá, boa e calma. Reformulava-a, embelezava-a. Cada vez mais afundado no passado. Seu viver restringia-se à janela, ao mar que não era mais mar — era o seu verdoengo canavial. Campos lhe aparecia longínqua, um sonho bom e intangível, arestas e dificuldades elididas. E insistia sempre que ia voltar logo, xingava os filhos, desalmados não digam mal da terrinha que os criou, que é também de vocês — parte de mim. Exaltava-se: vou deixar todos aqui, todos, quem não quiser me acompanhar paciência. Levo os restos do Júlio, este não me abandona. Olhava-os. Na semana que vem — uma semana que vem que não chegava nunca — iria sem falta rever a terrinha, os amigos e conhecidos, sondar, avisar a todos, voltei, voltei, preparar a mudança.

Acompanhava as mutações do tempo, as estações. Agora época de virar a terra, agora do plantio, os brotos, os pés de cana subindo, qual o que dá melhor neste tipo de terreno, o verde ondulante dominando a paisagem, a ondulação de acordo com os humores do vento, suave ou violento ampliando o assobio, a tonalidade das cores se transmutando conforme o passar dos tempos e a força do sol, um verde esmaecido, um verde carregado, um verde amarelento. Perder-se no canavial era bom, era gostoso. Um ruído característico que lhe era tão doce, tão íntimo, o rumor indistinto que enchia a paisagem, agora vamos cortar, está na época, a faina incansável, dias e dias ininterrupta, as facas subindo e descendo, o limpar da cana, o ringir dos carros de bois, eia Serrano, eia Pretão, eia Barroso, o preparo do açúcar mascavo, o cheiro adocicado-enjoativo mas tão bom que enchia toda a casa, envolvia a fazenda e os habitantes, o caldeirão fervendo, fumegando, fervendo, baixando, o caldo engrossando, depois, um dia, quando, onde, como, por que, o início da decadência envolvendo tudo, a derrocada, o período amargo em que não mais se preparava o açúcar, a doçura perdida, o viver perdido, era a venda da cana para as grandes usinas mecanizadas, mas ele começara recusando, recusara, recuava no tempo, se perdia em divagações, todos cedendo, queria apagar da memória aquela época, preferia viver no antes, no ontem, no passado, tempo em que cada plantador era também um usineiro, não simples plantador, ser incompleto, decepado, triturado na sua integridade, agora a moenda moendo ao contrário, o tempo retornando sobre seus próprios passos, o cheiro doce do melado a escorrer reinvadindo a casa, a alma, ele podia senti-lo em tudo, aspirava aquele cheiro bom que lhe devolvia a infância, a juventude, tudo que eles eram estava ali, os seus, que bem antes dele, bem, haviam sido os senhores, os senhores, tudo se devia àquele odor, àquele aroma que se evolava quase palpável.

Relembrava com nitidez sua infância na casa grande, os avós, os pais, os irmãos, os agregados, os escravos. Lembrar-se-ia mesmo dos escravos? Não, nos seus quase oitenta anos eles seriam uma sombra fugidia, deviam estar libertos quando ele nascera. Recriava-os à maneira do que lhe haviam transmitido, imaginava-os. Tinha nítida lembrança de alguns deles, muito ficaram ali mesmo depois de libertos, rodeando a casa, trabalhando para os antigos senhores, tratando-os com respeito servil, humildes e atordoados, sem saber o que fazer com a liberdade concedida mas que não sabiam usufruir. E à força de seu avô, seus pais, seus tios, se referirem àquilo, tudo passara a ter, para ele, uma realidade concreta, mais concreta do que a que vivia agora. Ficção a existência atual, ficção a sala, ficção os móveis, ficção a paisagem, ficção tudo o que o rodeava. Real e concreto para ele, agora, era o vasto verde canavial marítimo que entrevia de sua janela a se perder no horizonte.

Podia se queixar, podia — perguntavam-lhe o filho, as filhas, quando a discussão azedava. Materialmente não podia. Sim, existiam os rendimentos do dinheiro aplicado. Mas isto não bastava. Era o de menos, o bem material. Não tinha tranqüilidade, não tinha paz de espírito, não se adaptava, não se conformava. A bengala zunindo, batendo. Além disto, enquanto os rendimentos se mantinham na mesma, sem renderem mais, até mesmo diminuindo com as periódicas retiradas para atender a uma ou outra necessidade, as despesas e solicitações da vida da cidade aumentavam, o custo de vida aumentava, a inflação corroía o capital.

Deslocado mais do que envelhecido, desiludido e descrente, o pai não tinha em quem se apoiar. Os haveres do irmão, morto há pouco, haviam sumido sem que ele se explicasse como. Mistério. Não era pouco, nada fora empregado em nada...E ele que pensava em aproveitar aqueles recursos para recuperar a fazenda. Onde e como tinham desaparecido? Teria sido Sylvio? As filhas? Da terrinha em Campos nada a esperar. Teimara em ficar com uma casa para não se sentir desenraizado. Mas lá não ia. De longe não tinha como controlar o caseiro. Dava-se por satisfeito quando receita e despesa se equilibravam. Os filhos brigavam: venda aquilo. Só Dulce o apoiava: não venda não. Não vendia.

Iam ver, um dia largava tudo, tudo e todos, ia passar lá os derradeiros anos, morrer lá, enterrar-se lá. Viver lá. Vamos mulher, dizia. Não vou, e os filhos? Iria só. Adeus. "Bom dia, patrão!" De vez em quando o caseiro aparecia, caboclo sarará, vivo, desconfiado, chapéu de palha debaixo do braço, pitando um palheiro que fedia um cheiro bom de terra da gente, calça de zuarte, sorriso no canto da boca, puxava uns papéis, mostrava contas, falava dos conhecidos mortos, como está morrendo gente patrão, novas despesas, punha-se a explicar, a queimada acabou com tudo, uns bois romperam a cerca invadiram a plantação, a criação de aves morreu, ele tentava retrucar, não adiantava, patrão o senhor precisa ir lá pra se convencer, vou mesmo me dá um tempo, vai ver tudo mudado, nosso tempo acabou sim-senhor, eu agüento porque gosto daquilo, tive até uma proposta boa na fábrica patrão, pra ganhar muito mais, dizia está bem concordo com teu aumento e que estava pra ir lá logo. Não ia. Não iria nunca mais.

Lembrava-se: com a venda da fazenda comprara o apartamento e empregara o restante nuns títulos de renda, coisa mais ou menos certa. Então? Os filhos crescidos, encaminhados, revenderia o diabo do apartamento, daria pra cada um parte dos títulos. As necessidades dele eram mínimas, só ele e a mulher, ou só ele se a mulher insistisse em ficar, sobrasse o que sobrasse seria mais do que suficiente. A mulher e ele. Os dois. Sós. Voltariam pra terrinha. Pra isto deixara lá um chão. Voltariam. Vol-ta-riam. Vol-ta-ria.

A mulher sempre fora um tantinho abúlica. Com a idade piorara. Mas não incomodava ninguém. Bastava-lhe a preocupação com a "sua" doença, o "seu" tricô, a "sua" tevê. E pronto. Aclimatara-se. Igualmente se aclimataria se voltassem para Campos. Mas fazia uma resistência mole, passiva, cinza. Os netinhos, os meninos, os filhinhos. Incentivada por eles reagia. Cansada, apática. Abanava a cabeça, não dizia sim-nem-não. Lá no fundo, quando algo a animava, tinha esperanças de ver as meninas bem casadas. Casadas. Não acompanhava o rápido passar dos anos, as transformações que suas meninas vinham sofrendo. Eram as meninas. Bem que até gostaria que elas freqüentassem boas rodas, de que tanto falavam, que as animavam, de que via referências na tevê, nos jornais, fotos nas revistas coloridas: recepções no Copa, bailes no Municipal, tardes de gala no Jóquei, noitadas no Iate, a festa da Nelinha, Dulce foi disse que estava ótima, esticadas em praias granfinas como Cabo Frio. Pensava: as meninas são vistosas, bonitas, prendadas, bem-nascidas. Acabariam por arranjar um bom casamento. Se fosse lá em Campos então...

As meninas que ela imaginava já não existiam.

As meninas... Os anos passavam, e o casamento, bom ou mal, não aparecia. Nem pensavam em casamento, cada qual com sua vida, seus problemas, simpatias e idiossincrasias. Só a mãe não percebia o rolar do tempo. A do meio tornara-se encarquilhada, amarga, mais religiosa depois que o casamento da irmã fracassara e não dando certo tivera que apelar para o desquite, um pecado. Sua tendência para o misticismo, manifestada desde pequena, se acentuara. A desquitada, meu Deus, isto acontecer na família, a palavra era proibida na frente da menina do meio, não existia. A mais moça trabalhava fora — e isto diz tudo. Mulher trabalhar fora. Para que, não precisas disto Tereza, minha filha — tentara a mãe interferir, intervir, temerosa, quem sabia o que pode acontecer com meninas que trabalham fora, lugar de mulher é em casa. Tereza porém tinha nome; as outras duas eram a do meio e a mais velha.

Ouvindo fragmentos de discussões, frases cortadas e entrecortadas, murmúrios e sussurros, o pai depreendia sem se emocionar a tragédia das filhas, irrealizadas todas, a carola insatisfeita, a desquitada inconformada com a sorte, Tereza tendo aquele caso com o chefe na agência de publicidade, as duas mais velhas reclamando, prevenindo, interferindo, a mãe tentando tirar a coisa a limpo, se distraindo, se esquecendo, se encaramujando, Sylvio distante, pouco aparecia, a nora Dulce mais um elemento de choque e controvérsia.

Quando a discussão aumentava o pai agarrava-se mais à janela. Acompanhar o seu canavial batido pelos ventos, brandir a bengala. As ondas cresciam, avolumavam-se, as folhas balouçavam, enlouquecidas. Os facões desciam, decepavam. A bengala alcançava um móvel, um vaso, de raspão um ombro. O vento parava, uma acalmia, o verde transmutava-se, adquiria novas tonalidades. Retornava o vento sibilante cortando por entre a folhagem de água e salsugem, cantando mais como num gemido que vinha de longínquas eras.

O pai queria esquecer o presente, esquecer o passado, esquecer tudo, perder-se entre a folhagem verde, afundar no mar verde, marfolhagem encapelado.

A mãe acabava por sentar-se diante da televisão, tricô largado no colo, dedos rolando-desenrolando os fios, olhos perdidos no vídeo. "Deixa-deixa" — pensava. A expressão não queria significar nada. "Minhas dores" — pensava outra vez. "Minhas dores" era uma expressão vazia de sentido como outra qualquer que ela resmungasse.

As filhas tomavam (tomavam mesmo?) as rédeas — mas a mãe confundia as datas, recuava e avançava no tempo e no espaço. Foi antes ou depois que as meninas passaram a exigir mais? Mais o quê? De repente a mais velha casou, a do meio se recolheu, encolheu — esta seria a ordem lógica dos fatos, seria? — não queria sair, não, queria ver ninguém, rezando, menina o que é isto, Tereza se empregou, pra que Santo Deus, não havia necessidade, onde se viu mulher trabalhar fora! Minhas meninas. Tudo tão rápido! Ontem minhas meninas, correndo nas ruas de Campos... hoje... hoje... o quê? Mãe se perde, se esforça. Tenta entrar, entrou, entraria num ritmo de vida normal, pacato, burguês. Entraria o quê, quem? Até que a mais velha se separou, nunca se soube por que ao certo, culpa de quem, o marido trabalhador e sério, situação estável, sócio de uma firma de imóveis, não é? A do meio a partir daí voltou-se por inteiro para a religião, para as religiões, não-não, isto é com a outra, religião só delas, só delas, misturando catolicismo, macumba, espiritismo, que mais? Tereza, a menina mais moça continua, continuava, não, sim, na agência de publicidade — a mesma, seria a mesma, outra? — falava-se que não estava mais com o chefe, meu Deus!

Tudo difícil, confuso.

E Dulce? E os netos? E Sylvio? E Júlio, nisto tudo onde estaria, onde? Meu Júlio. Sumido. Onde anda? Nunca mais apareceu, pois não é! Nunca tirara a limpo a morte de Júlio: doença, acidente, desastre, crime. Preferia não se aprofundar, não acreditar. Esquecer. Ignorar.

Fazendo desfazendo ponto do tricô perdia-se no passado mais passado, num presente só dela. Figuras, fatos, acontecimentos miudinhos lhe chegavam nítidos. Conversava horas com seus fantasmas tão familiares, a mãe, o pai, os muitos irmãos, o marido, os filhos, todos da mesma idade, ria-se baixinho — um riso contido hi-hi-hi — contava-lhes histórias, queixosa, se queixava pra eles da vida, dos irmãos, dos filhos, do marido, das meninas, do Sylvio, de Júlio, onde anda o Júlio, tem visto ele por aí tem, hi-hi-hi.

OS QUERIDOS DIABINHOS

Mal viam o pai, para eles figura distante, quase uma entidade mítica. De manhãzinha, um beijo apressado, e lá se atirava ele para a rua. Raramente vinha almoçar. Quando acontecia, eles estavam dormindo ou passeando. Também dormindo estavam, na maioria das vezes, quando, à noite, Sylvio chegava. Nos fins de semana era preciso deixar o papai se recuperar do esforço dispendido. Papai recolhia-se ao quarto, ia remexer papéis, preparar documentos, ler um jornal, folhear revistas, dormitar na frente da televisão, abrir um romance policial. Também saía para espairecer. Se acontecia levá-los, os meninos vibravam. Uma festa. Mas não estranhavam se eram deixados de lado. Rezingavam por hábito.

Mamãe atendia-os sim. Só que era imprevisível nas suas manifestações. No meio de um "ataque de atenção" exagerada podia cair em uma de suas crises de melancolia ou nervosismo.

E esquecia-os. Não tinha meio termo: cuidados extremos ou abandono completo — tudo dependendo do seu estado de saúde ou do humor.

A vida dos dois restringia-se à babá, às qualidades de atenção ou desatenção da babá. Do carinho exagerado e sem controle ou dos gritos igualmente exagerados e descontrolados da mãe, da indiferença e falta de tempo do pai refugiavam-se na babá.

Depois do café da manhã saíam para o parque, onde ficavam até a hora do almoço. A babá se arrumava muito, mulata fornida com numerosos admiradores flutuantes e um soldado a tiracolo, lá se ia gingando com os dois por entre o arvoredo. Sentava-se num banco, deixava-os brincar livremente com as outras crianças, subindo no escorrega e trepa-trepa, correndo pela graminha, sujando-se na areia. Voltavam cansados, banhavam-se, comiam, dormiam um pouco, mais tarde iam à escola, na volta faziam as lições, volteavam pelo apartamento em busca do que fazer até a hora do jantar, viam um pouco de televisão, iam deitar.

A imagem que tinham da mamãe era de uma louraça descabelada, rosto coberto de creme, roupão aberto, sentada com uma revista cheia de figuras coloridas no colo, estirada com um livro nas mãos, mastigando bombons ou grudada ao telefone. O telefone era sua segunda natureza. Ali monologava, nele seu temperamento compulsivo extravasava e se aliviava das tensões internas e externas. Não interessava quem era chamado ao telefone ou porque era chamado. Ali desabafava, contava histórias, inventava fábulas a que sua imaginação doentia dava realidade, ria, chorava, reclamava da vida, dos parentes, dos conhecidos, dos amigos, perdia-se num passado saturado de fantasia e verdade. No mais das vezes falava com a vovó.

Os dois custavam a apreender algo daquele universo que lhes chegava por fragmentos, distante, longínquo, estranho, fascinante, perigoso. Viviam na mesma rotina, mas que não os cansava. Descobriam o mundo às próprias custas. Ambos no parque pela manhã, chovesse ou fizesse sol, jardim de infância um e escola primária o outro, à tarde. Quando, nos fins de semana, eram obrigados a ficar em casa por causa de um imprevisto, sem babá para levá-los a passear, vinham as restrições, meninos não façam isto, meninos não mexam naquilo, que guris impossíveis, meninos sentem-se aí, meninos tirem as coisas do meio da sala, ligavam a televisão, acompanhavam os desenhos animados, viam filmes, rabiscavam em cadernos e revistas. Vez por outra, num sábado ou domingo, o papai mandava que se preparassem, saíam a dar uma volta de carro, depois iam à praia do Flamengo correr no parque. Ou então passar o dia em Friburgo, na casa do sócio do pai, um militar. Era uma festa para os dois. Lá se soltavam mais ainda, enquanto os adultos conversavam amenidades.

Na praia ou no carro os pais pouco se falavam. Conversa entrecortada de silêncios, de interrogações, de dúvidas, de incompreensões. Mamãe comentava fatos miúdos da semana, os problemas com as domésticas, as discussões com as cunhadas, a visita à prima da Gávea, uma carta chegada de Florianópolis ou Biguaçu, os telefonemas. Eram comentários lerdos e desinteressados, só se animava em fugidios momentos, o pai atento à estrada abanava a cabeça, resmungava sem interferir. A mãe então calava-se, vendo a paisagem correr, passar, sumir. Se era na praia, os pais ficavam estirados sob a barraca, cada qual virado para a sua banda, enquanto os dois chapinhavam na beira da água ou se atiravam na areia, vinham pedir sorvete, pipoca, guaraná, cachorro-quente, reclamando um do outro.

Muitas noites, no silêncio do quarto, insones, ficavam a conversar baixinho. Nem eram bem conversas, mais monólogos em que ambos procuravam entender-se, entender os pais, os amiguinhos, os vizinhos e parentes, o mundo que se abria. Comentavam dos amigos do parque e da escola, falavam das manhãs no parque e das tardes no colégio, o que tinham feito, as descobertas, as novidades. Reclamavam da babá, cada vez mais mandona, até parece a mãe da gente, exigindo o silêncio e a conivência dos dois, agarrada ao soldado que a vinha procurar sempre no mesmo horário e com quem ela se grudava aos risinhos, agrados e beijos. Saltitavam de um assunto para outro. A professora que só sabia mastigar chiclete, o colega que mijava nas calças, a menina chorona. Quando a conversa subia ou o riso deles explodia incontido, mamãe reclamava, no seu tom rascante e baixo se estava de humor normal, aos gritos se num de seus períodos críticos que todos temiam. O pai pouco interferia, arredio, áspero/amável não importava, sempre preocupado com seus múltiplos negócios, como se sairia da próxima jogada, que jogada se nunca o viam no campo de futebol, fazendo cálculos para ver quanto iria custar depois de tudo pronto e montado o novo apartamento, e quando poderiam mudar para ele, tinham ido ver, ficaram olhando o mar da janela, os barcos na lagoa, talvez aí até mamãe deixasse de reclamar e invejar a prima da Gávea, esquecesse um pouco as três cunhadas, aquelas pestes. Pestes por quê?

O mundo se ia compondo, para os dois, como um quebra-cabeça. Começavam a concatenar acontecimentos que os rodeavam, a fazer descobertas. Mas de repente uma peça teimava em não se encaixar. Ainda viam a maior parte do todo através dos olhos dos adultos, seres longínquos e difíceis de quem esperavam, alternadamente, bombons ou cascudos.

Queriam compreender a mamãe, o papai, as domésticas, os parentes, os conhecidos. Os grandes. Eram outra classe de gente, sem dúvida. E embora morassem perto, pouco viam os avós. As visitas eram formais, curtas, os avós paternos alheados, a avó materna amável mas distante, o avô materno morto, as tias sempre brigando com mamãe, discutindo por qualquer coisa em qualquer encontro.

Que ficava das conversas noturnas? Pouco. Na manhã seguinte já se tinham esquecido de quase tudo, retornavam à rotina do dia anterior. Mas sempre alguma coisa sobrava, um resíduo que ia sendo armazenado lá no fundo deles, algo que precisavam aprender, que se juntava a algo anterior. E uma procura de integração maior com o que os cercava, uma tentativa de alcançar e compreender aquele mundo adulto e estranho ao qual teriam logo que se incorporar.

Os pijamas limpinhos, os dentes escovados, a oração feita, o beijo na mamãe (incidentalmente no papai), a luz apagada, a porta do quarto entreaberta, deitavam-se. Resmungavam, brigavam. A babá acalmava-os.

Através da janela viam, no edifício em frente, parte de uma sala sempre movimentada. Pessoas saíam e entravam, farrapos de risos, vozes se entrecruzando, uma ou outra palavra compreendida. Ficavam atentos, tentando recompor aquele mundo, escutar a conversa. Impossível. Inútil o esforço. Só os largos gestos que a luz se encarregava de ampliar ou diminuir.

Procuravam adivinhar o que se conversava.

— Agora a moça convida o moço pra sair.

— Nada não. Ele que chegou, a moça convida ele pra sentar.

— Ele é visita de cerimônia, como aqueles que vêm aqui em casa.

— Bobão, é nada, namorado dela que é.

— Sai pra lá, namorado é diferente, como a Jupira com o soldado dela.

— Vê como se beijam quando estão sozinhos.

— E a Jupira, não...

— É diferente já te disse, tu é bobão mesmo.

— Bobão eu, bobão, eu, essa pra ti. Vê papai e mamãe.

— Não vejo não. Já sei. Por que, hein, por que só se beijam sozinhos não é? Às vezes papai e mamãe não se beijam na frente da gente, não beijam a gente na frente dos outros... é isto, hein?

— Beijam diferente. Não na boca.

— Qual é. Tu não sabe.

— Sei. A Jupira também beija o soldado na frente dos outros.

— É diferente, já disse, tu é bobo tu não entende. Eles são papai e mamãe, eles podem, nós somos filhos, podemos.

— Que é diferente, me explica então? E a Jupira, o soldado e ela são papai e mamãe, são. São filhinhos são, são irmãos um do outro, são? Como tu sabes que eles lá naquela sala não são filhinhos de alguém. Hein, explica! A Jupira não beija o soldado na frente de todo mundo? Vais me dizer que são papai e mamãe, vais...

— Poxa! Como és burro bobão, repetes tudo. Diferente, já disse.

— Só diferente, diferente, diferente, tu diz. O que é diferente, me explica, anda.

— Diferente é diferente, bolas!

— Assim é fácil.

Calam-se, observam o prédio em frente, a movimentação aumenta, novas figuras vêm compor-decompor a cena.

— Olha só a velhinha, não via ela um tempão.

— Que tempão.

Novo silêncio.

— Outro dia vi a babá contando uma coisa da mamãe pro soldado dela...

— Que coisa?

— Mesqueci. Não me lembro mais, é aquele soldado que encontra ela sempre no parque.

— Sei, ora, não vejo, vejo, mas que coisa.

— Mesqueci.

— Então o quê, tu lembrou o quê?

— Nada. Só isto.

O ruído indistinto que vem da rua, carros que passam, buzinas, reflexos dos faróis nas paredes dos edifícios, risos de pessoas, freiadas bruscas. Continuam espertos os dois, o sono não chega, vontade de levantar, medo da mamãe brigar. Buscam mais assunto.

— Vou contar pra mãe, não gosto de soldado, eles bate nas crianças.

— Quem contou pra ti? Batem não, besteira, eles não têm filhos também, só batem nos grandes quando precisa e quando são mandados bater.

— E quem é que manda eles, quem sabe quando é preciso?

— Os homens.

— É, é, então como eu vi na televisão eles correndo atrás de gente, batendo, atirando, vi pronto, ninguém que mandou eles.

— Pára com isso, tu viu nada, tu sabe nada, bobão, papai já não disse pra não...

— Pára por que, eu vi-vi sim, pronto.

— Tu viu na televisão, filme.

— Foi não.

— Foi.

— Pára se não eu chamo mamãe.

— Chama não "seu" cagueta, chama não, ela manda a gente calar e dormir..

O menorzinho pensa, ri, retruca:

— Manda não, mamãe tá boazinha.

— Tá hoje.

— Hoje não, tá boazinha bastante tempo. Papai é que...

— Papai não.

— Papai não quê?

— Tu gosta do papai?

— Gosto, ué, não é nosso papai, não dá comida pra nós, roupinha pra nós, presente no aniversário, não leva a gente na praia, não passeia com nós não?

— Tu é bobo mesmo eu digo. Pergunto se tu gosta do papai porque ele é nosso papai.

— E não disse que gosto. Gosto, pronto.

Outra vez se calam. Ficam remoendo aquele importante assunto, procuram avaliar, calcular, se esclarecer melhor. As mentes trabalham, se esforçam. Não querem se limitar ao que os rodeia e vem mastigado, ao que lhes é oferecido pronto. Querem concluir por si próprios. Difícil. Não se fixam, borboleteiam. Mas retornam sempre ao mesmo.

Lenta, pausada, a noite escorreu. A rua está calma, raros carros. O apartamento fronteiro já perdeu seu movimento, suas luzes, seu fascínio.

Sonolentos os dois, esforçam-se por não dormir, se provocam.

— Tu — repete o mais velho — não entendes nada mesmo.

— E tu — choraminga o mais moço — e tu. Espertão de merda.

— Ah-ah, eu entendo, sei fazer o meu nome. Tu sabes?

— Tem graça, tu é mais velho. Mas logo logo eu vou saber melhor do que tu, vais ver só.

— Que nada, vais nada, aí eu já vou saber mais montão de coisa.

— Me diz por quê.

— Porque sim, pronto.

— Mas um dia eu pego tu, nós dois grandes.

— Nunca, nunquinha.

— Pego sim, mamãe, mamãe, olha o...

— Te cala, te cala se não ela manda a gente dormir, te..

— Que mande. Mamãe...MAMÃE...Mãe...

— Não, não, cala, chama mamãe não, chama ela não...

— Chamo sim, pronto, ma...

— Seu peste, já disse que não, sabes tu como é a mãe se vem, cala.

— Calo sim. Só se tu...

— O que tu quer?

— Sabes, não intica mais com eu, não diz que eu não sei. Sei.

— Não digo não. Sabes, eu estava brincando. Mas tu não chama a mãe, tu sabes, ela vem e ralha com a gente, bate na gente, briga com a gente.

— Por que, por que, hein?

— Sei não. O pai, outro dia vi ele conversando com a mãe pra ela não ralhar tanto com a gente.

— Eu vi as tias conversando, diziam que a mãe... precisava sempre mais do médico.

— Bobagem.

Calam-se. Cochilam.

— A vovó...

— As tias falavam.

— Com a vovó.

— Com a vovó.

— É... foi ...

— ... foi ...

— ... naquele dia ...

— ... que ... di ...

RETRATO AO ESPELHO

Huuum-huuum-huum... será que vai dar certo! Será? O quê? Haan-haan, é aqui. Sempre aqui. Uui, quem não arrisca não petisca. Preciso investir, aquelaaaa...upa...deixa...aí...ai. Jogada boa. Dá certo. A gente tem que arriscar, arriscar, constantemente. Ai, ai, isso. Não tenho paciência. Tudo ou nada. Aqui, aquiiiii, assiiiim. Dá certo, dá. Acaba-se sabendo quase matema...mate...maticamente, porras. Cuidado “seu” Sylvio, cuida...do. Me digo sempre cuidado. Não adianta. Sou afoito, ah-ah-aaaah! Desde pequeno. Ai. Me atiro. Te lembra Sylvio, desdeeee pequeniiinooo. Aqui. Não. Ali. Aqui. Calminha. O quê? Deixa ver, deixa! Algum compromisso hoje, tenho? Não tenho não...n...ão. Ontem avisei que ia chegar tarde. Estou me ma...ma...maaa...tan...do. Gosto ah-ah-ah. Arriscar. Vida minha. Dulce não entende. Peena. Caalma muulher, digo eu. Huum. Hum. Estou precisando mudar de creme de barbear.

Não é a espuma não, hum-hum, boa, macia, esta até que faz bem, mas aquele creme novo, mentolado e com o que mesmo, o que, um produto recente, re...cen...te, reee...fresca, diz-que penetra na pele, amacia a bar...ba. Aaaah-huuum...amacia mesmo ou estou me deixando levar, consumismo, começando a entrar, a me... Ontem não, anteontem conversei a respeito com... Vence ainda quem... Não há dinheiro que chegue... ah-ah-ah... bem, maré boa. Ui! Ruim. Porras. Aqui no queixo, bem aqui, neste lado, tenho uma faixa de...ui...barba que me incomoda...precisa...assim...sim... de mais espuuuma. Assim. Mais água, será mesmo que! Será? Morna amolece mais, nunca experimentei, não tenho paciência. Melhor! Que melhor! Tudo o mesmo, besteira. Sem querer a gente se influencia...se dei...xa leee-var. É esta lâmina, que gilete "seu" Sylvio, viu só, o nooome é lâmina, não, está boa não, quantas vezes já me barbeeei com ela, já usei ela, quantas...deixe ver. Nunca me lembro, não adianta, por que não marco. Tá na hora de mudar, mu...o que, de novo, aaah, aaah, que burrice, ai, nunca me recordo nunca. Assim, assim, rápido, loção, esfrega "seu" Sylvio. Sangue. Logo no comecinho, neste canto pertinho da orelha, no sinal, é sempre aqui que me corto, besteira nem bem um corte. Se não é aqui rebenta sempre uma espinha, um cabelo encravado, deixa ver. Mas sangra, porras. E sou cagão pra sangue. Deixa ver. Taí. Não, não adianta. Desta vez foi corte mesmo. Descuido. Porque não presto atenção, por quê? Também devia ter mudado a lâmina. Pressa besta. Agora paciência. Adiante. Mas se mudasse rebentava tudo que é espinha, tenho a pele tão sensível, bunda de criança, ah-ah-ah, devia ter uma lâmina que já começasse na segunda ou terceira barba...ah-ah. Foi pequeno, só uma picada, nem vai aparecer, mas já recomeçou a sangrar...chato isto...uma picada aqui, outra ali...chato...o sangue custa a estancar, que foi que o médico me disse, se cuide Sylvio, cuide porque nem sei...adianta nada não...me prometo sempre. Diabos! O que, deixa ver, de novo fios brancos no bigode, por isso é que não vou mesmo mais...deixar bi-go-de, vou cortar este comecinho logo agora, fios brancos...será...ora-ora...se não me cuido...mas já! Nem quarenta ainda, nem. Que quarenta Sylvio. Perto... é...perto. Cedo ainda pra ficar com fiii-oos bran-cos. Notei no queixo. A entrada na testa vá lá, me dá um certo charme até...foi o que disse ou...ui... outro dia...aquela garota conhecida lá do outro escritório...diabos, como é o nome dela...diabos...ah-ah-ah. Mas fios brancos no bigode, na barba, no queiiixo...não mesmo. Será que no queixo também... Aqui primeiro, deixe ver...um, dois, três, quatro, ao diabo, quatro, outro, só cinco, acidente, é, não-não, mais outro aqui quase na ponta do lábio, subo um pouco lá está outro perto da asa do nariz, bem pertinho vejam só. Porcaria. Quantos não estarão no queixo, embaixo, deixa tirar esta droga de espuma pra ver, agora fiquei encucado, aqui, aqui, nem tinha notado ao passar a espuma, porque nunca noto. Um tufo deles. Ora-ora. Mas também é só. Paciência. Não me afeta em nada. O mesmo vigor, a mesma fome. De tudo. Com a baaarba, ui, bem fei-ta, beeem, nem se nota. Paciência, pronto. Que paciência que nada, porras! Esta merda endurece logo, por isso vou mudar ela, disse pra Dulce que vou comprar um tubo daquele outro anunciado nos jornais e na tevê...Contém o que mesmo, emoliente, é isto, não, um negócio de nome esquisito, rejuvenesce a barba...não, que besteira, a face, os poros, dá uma tonalidade mais juvenil...lá vou eu outra vez, que bobagem "seu" Sylvio, tona... bem me tinham dito que quando começasse a avançar pros quarenta...começaria a me preo-cupar...correr pra aproveitar. Enquanto é tempo. No escritório tudo bem, maré favorável. Certinho. E se conseguirmos...aquela jogada...E por que não? Com o trânsito que ele tem nas altas esferas...pra isso é meu sócio. Alta pro meu gosto. Morenona. Deeei-xa ver. Mistura danada. Este regime me fez bem. Perdi. Papada. Ah-ah-ah. Quantos significados. Papada. A concorrência. A morenona. Perde um pouco de. Queixo duplo. Duplo pra você também? O quê? Me enfeiava. Ah-ah-ah, o queixo duplo me enfeiava. Ela me disse. Papada. Só minha mulher é que não repara. Em mim. Razão? Metida nela mesma. Ui! Outra área perigosa, pe-ri-gosa. Cuidadinho... "seu" Sylvio, cui-da-di-nho mesmo, hein. Que estará me acontecendo? Deterioração de sentimentos. Provocados pela rotina sufocante. Ro-ti...na. Li isto onde. Foi. Li Espuma de novo porras. Não. Li não. Foi Bernardo-aquele-jornalista-filho-da-mãe-sacana-folgado-metido-a-que-cobre-a-Bolsa que andou se infiltrando, não-não, que infiltrando, isto já é outra história, me dizendo. Opa. Quase. Aqui em casa, se abancava. A Dulce. Precisei dar uma fria nele. Ai-ai. Outro espio... não. Espirro agora não. Aqui é onde tenho a pele mais fina, a barba toda re-vi-ra-da. Senão me cuido, fodido. Se não. Vou sair hoje que é uma carnificina daquelas. Tem dias que. Foi o marido da Nelinha que me apresentou ele. Bom cara, te dá boas dicas. Foi jantar lá em casa. Assim, passei esta área perigosa. Debaixo do queixo agora, um pouquinho mais. Aqui, cuida-do. Porcaria de gil... de lâmina. De lâmina é que é. Lâm... Eu precisava de alguém pra veicular umas notinhas... Ardeu seu moço, foi. Boa esta, boa. Me serve, eu disse pra ele quando me apresentou. Justo o que eu queria. O fresco tinha...fres...co nada. Vivaldino dos diabos. E eu que não posso passar loção, nada que contenha álcool. O rosto me fica ardendo. Sensível. O tempo todo. A pele irritada. Depois fica áspera. Deve ser alergia. Tem que haver um creme facial qualquer ou uma loção sem álcool. Deve. Vou perguntar pro barbeiro, porque não me lembrei antes. Ou pro Will. Que Will nem merdas de Will. Guilherme, frescuras. Só porque está de testa-de-ferro pra uma multi virou Will. Por quê? Chego no escritório e logo ela aparece com uma desculpa pergunta. Derretida. "Seu" Sylvio que foi, o rosto tão vermelhusco. Boa. Tentação dos diabos. Assim-assim. Com calminha. Temos tempo, teeeem-po. Outro dia foi com o diabinho de uma mini-mini. Proibido. Devia ser. Umas pernonas. Tostadas. Umas coxas. Roliças, macias. Aparecia até a calcinha azul-clara, e a mancha, o tufo de cabelos. E aquele decote, hein-hein-hein, ah-ah-ah! De-via-ser-proi-bi-dís-si-mo. Se chega pra mim toda no dengue. Será que está querendo, será? Sempre tive uma danada duma sorte. Ui...certo tipo de mulheres. Aqui. Mais um pouco de espuma. É que, ah-ha, ainda estou em forma. Ou não estou. Deixa disso rapaz. Te cuida. Uma jogada boa. Excelente. Vão subir como o diabo. Se entrarmos naquela. Vai fundo. É a hora. Largar tudo. Gozar. Tudo não. Ficar nas teleco...Não, tem também as empreit...E a Bolsa, quem pode resistir! Reclamando, a Dulce. Paciência. A vida. Aproveitar. Arriscar. Olhe o rosto viril, olha, olha só aquela entradinha que dá charme, olha, olha os olhos grandes e tão escuros-tentação, ah-ah-ah, olha, olha a barriga onde, nem um pinguinho de barriga, olha, o que eu preciso é mandar fazer uns ternos desses modernos, bacaninhos. Viver a vida. Amanhã vem uma bomba atônita atômica por aí...buuuum-bum-buuum-bu...adeus tudo. Alfaiate do sacana do Bernardo. Ou do Will. Mas ele andou fazendo nos States, na França. Os paletós que tenho ainda me sentam bem. Mas as calças, ah, as calças, largonas, o friso ultrapassado perto dos bolsinhos. Bem que minha mulher. Mas o que será que ela anda querendo? Irritadiça. Reclamando. Elétrica. Largada num canto logo depois. Ia tão bem com o doutor Castro. Ele estava todo animado. Mas foi aquela bagunça da morte do estudante. Por que ela ia estar perto, por quê? E depois vem uns bobocas com papo furado de liberdade. Que liberdade, meu! É no porrete. Liberdade sim, mas com responsabilidade. Joga uma gente que não sabe o que quer e vai ver o que é bom. Azar danado aquilo da Dulce ver o estudante carregado, jogado nas escadarias lá na Cinelândia. Azar. Dulce...ui-ui. Outra vez! Quase-quase me cortei. De uns tempos pra cá ela virou a se cuidar mais. Andava tão desleixada...Quem sabe se melhora. Agora é só creme, é só pintura, é só ginástica canadense, é só vestido novo...Larga os guris com a Jupira...ou não, outra já, a Jupira como babá até que dá conta do recado e agüenta um bocado, vou tentar salvar ela, mas quando a Dulce implica. Grudada no telefone falando com a chata da mãe. Largada na cama me contando coisas das minhas irmãs. Estirada na frente da tevê pichando a prima da Gávea, a tal de Nel...iiii...chi..., outro, este foi feio. Sangrou de verdade. Porras! Também me descuido, não me concentro. Que fazer? Me ponho a esperar pra ver se estanca? Não! Me atrasa. Passar aquela merda, como é o nome, que diabo, nunca me lembro. Vermelho que nem sangue. Que coisa? No mais, as coisas vão bem. Aquela jogada no outro dia valeu a pena ou não valeu? O papai aqui está ficando mestre. Aprendeu rápido. Não me pegam mais em arapucas tipo Carnet Far... Não estancou ainda. Mais um pouco. Uma ajudinha sim, comprimindo, certo, certo, certo, concordo, mesmo tendo sabido antes do aumento do dólar eu não teria condições de sozinho fazer a manobra. E daí? Isto diminui o mérito, hein-hein... Meti o comandante na parada, meu chapa eu disse, ouve só. Dá folgado pra três. O homem lá do setor não quer apare... entendido? Foi boa pedida. Meu pai não acreditava. Tinha medo. Golpe...perigo...te cuida... Que está acontecendo com o velho, hein seu? Sim, eu sei. Júlio. Mas é preciso superar, esquecer. A vida continua. Golpe violento. Acabou com ele. Já a saída de Campos não foi uma boa. Não aceita que lá estava acabado. Esta coisa de tradição de família, passado, nome, é uma merda. Usina, canavial, tudo morto, fodidão. Não aceitou a realidade. Desinteresse por tudo, pensando só nos canaviais que não tem mais, em voltar para o que não existe há muito. Com todos os contratempos o porra louca do Sylvio como diziam é que deu certo. Sorte? Sorte sim, mas cuca também. Dei-dei. Já dá pra continuar. Estancou quase. Com a Judite... por que fui lembrar, diabos, logo agora da Judite, por que. Ah, sorte. Ficou me comendo no ônibus, foi tudo pura sorte, um mulherão daqueles merecia Mercedes, o meu carro na oficina, poucos táxis todos passando lotados, eu com pressa. Destino. Bolas! Espuminha boa. Adiante. Entreeeei, fiquei de pé, ônibus lotado, vagou um lugar dei pra ela, gesto raro hoje, vagou logo outro perto em frente, sentei, ela me agradeceu e ficou me olhando com uns olhos mortiços...mortiços. Logo deu pra mim ah-ah-ah. Mais creme. Só um pouquinho se não engordo. Que engorda, estás ótima. Teus olhos. Faz uma espuma essa bandida mas a espuma não penetra. Escalavrado. Não atinge os poros. Preciso mesmo experimentar aquele um que a tevê está fazendo tanta propaganda. É bom variar. Mulheres em penca pra cima do cara depois que ele se barbeia, mas não é só creme não, tem que acompanhar também a loção de barba com um perfume novo e fascinante extraído da raiz do...da...de um...que seduz e embriaga... e eu que não me acerto com loção vou ficar no mato sem cachorro... um sacrifício... às vezes estas coisas me lembram até cachorro no cio, até longe vai o aviso pro, pras...o que mesmo, o quê? Falar em televisão, que gamação, hein-hein, Sylvio te cuida, com aquela tipa da tevê, garota propaganda, chacrete, sei lá. Se eu quisesse até que tentava um sarro legal com ela, passava o trouxa do Emanuel pra trás. Coitada da... No outro dia, quando sentamos na boate, começou com umas insinuações. Não pode ter sido acaso não, duas ou três vezes tocou na minha mão, mãozinha macia a dela, quente e úmida, me arranhou com a unha vermelha, encostava o dedo mindinho e ficava ali cutucando enquanto com a outra acariciava o Emanuel, que nota deve estar comendo dele, que nota! Uma nota preta me vai custar se eu ferrar aquele negócio. Mas vale a pena. Tenho que tentar. Presentão daqueles. Mas meu sócio insiste. Sabe... mais espuma e mãos à obra. Porcaria de lâmina. Nacional é isto. A gente quer prestigiar o prod...Dinheiro dele dá cria, dá... Dá nada. Danada. Sugadora. O meu passei um cortado...upa, falar em cortado é isto, sempre me esqueço que aqui perto do queixo tenho de mudar o caminho da lâmina. E se eu tentasse outra vez um barbeador elétrico. Tem uns novos pela aí, me falaram, bastante bons, gente que não se adaptava com os antigos...agora... diz...que não...quer...out...que bom...coi...sa. Nuns minutos se faz a barba, pronto, não é este sacrifício puto... Às vezes até penso em deixar uma bonita barba de intelectual como está na moda, uma barba cultivada como aquela do ator de teatro, o nome dele mesmo, nunca me lembro, vimos na peça do Galileu, complicada, um que é meio bicha dizem, por que será que sempre falam que são bichas, por que hein? Despeito, inveja. Uma boa barba, de homem, sedosa, de macho mesmo, até que me assentava bem. Sair por aí com ela arranjando mulheres às pencas, me esbaldar como quando cheguei de Campos. Ah, quantas aventuras, a Marise da praia, a Jacira da boate que eu ia esperar depois de terminar o *show*, a gente ia no Gôndola cheia de veados comer pizza depois saía pela praia de mãos dadas, depois sentava num bar pra tomar chope, ia no Lamas prum bifão com fritas, bom tempo, bons, depois se mandava pro apartamentinho dela, depois...hoje estou uma besta sentimental ah-ah, com tanta coisa importante pra tratar, merdas, não me fixo...não acabo o diabo da barba...como se hoje as mulheres tivessem acabado... e a Lurdes-do-deputado-aquele, não a amante, Sylvio, as duas eram Lurdes como é que ele não se fodia todo tratando com uma e outra, a mulher mesmo, me aporrinhava com telefonemas, bemzinho-vem-cá-correndo o meu marido já se foi pra Brasília só volta na sexta, temos três dias inteirinhos pra nós, não vamos sair de casa, da cama, tinha furor uterino, quis brigar quando lhe falei na Dulce, um dia depois me dizia que recebera telefonema do chato do marido ele vai antecipar a volta pena, mais tarde fui saber que tinha outros, insaciável, necessitava de variar, ninfo mesmo, mas o preferido era eu... seria...era-era...hum...quem mais, tantas, ah, aquela telefonista, como é mesmo o nome dela nunca me recordo, no entanto na cama era a melhor, de longe, que trepada "seu" Sylvio, ah, amulatada, será por isso será...fogosa...foi por esta época que me estrepei, como foi me acontecer...não-não, também assim não, afinal a Dulce não forçou a barra, eu é que, minhas irmãs não têm razão, e a Dulce tirante a...o...que mesmo? Um pou...qui...nho só mais. Compromissos. Compromissos.

Diabo de vida. Correr. Se matar. Tudo pra quê. Amanhã vem a bomba, buuuum-buum-bum, adeus tudo. Aproveitar. Viver então. Quase me estrepei. Desandou tudo. Mas me recuperei. Santo forte. Deixa estar que ainda vou chegar no mais alto. Se o mundo der tempo. Tenho confiança. Meus filhos verão. Calar minhas irmãs. Que vida. Brigas, discussões, choros. Merda. Por quê? Tudo certo: a Bolsa, as últimas transações, a firma, os dólares. Nada não. Esquecer. Aqui, sempre um restinho de barba. Acabar com ela. Reagi, mostrei pros filhos-da-puta-dos-parentes-dos-amigos-dos-conhecidos. Agora dizem que foi sorte, fui carregado, tive apoio oficial. Sorte uma merda, apoio uma merda. Usei a cabeça. Côco não cocô, ah-ah, foi saber armar a jogada. E tudo limpo. Mesmo com gilete nova a porra da barba aqui insiste em ficar, passo a mão sinto a aspereza do restinho logo-logo. Gilete merda nenhuma, é lâmina, é esta porcaria de lâmina, produto nacional ou fabricado no Brasil dá nisto, depois vêm os frescos reclamar contra o produto americano, estrangeiro, como é mesmo o nome daquela lâmina que o comandante me trouxe dos States, durava até nunca mais, eu jogava fora cansado de ver a cara dela, a mesma sempre enjoa, depois encontrei a mesma marca num vendedor ambulante, caí na asneira, comprei, com-prei, ui-ui, era contrabando...fabricada em São Paulo, tudo igualzinho menos a qualidade, brasileiro é fogo minha gente, conosco ninguém podemos, o jeitinho, ah, o jeitinho nacional, não a qualidade nacional, não é que...outro dia me contaram que estavam contrabandeando pra França perfume francês fabricado em Cascadura-ah-ah, e depois devolvido pro Brasil como fabricado na França, ah-ah...ooh-ui. Ri sua besta com a gilete na cara, ri. Taí. Vê no que foi dar. Bruto corte. Logo hoje. Que estou com pressa. Tenho um encontro no gabinete do Ministro. Apareço com um corte desses. Bonito. Precisava me apresentar em forma. Grandes jogadas. Excelência sabe do esforço que estamos fazendo pra ajudar a reerguer a economia, pra facilitar a estabilização do país. Deixa ver. Abriu uma avenida. Não, até que pouco. Menor do que eu pensava. Estancar. Limpar. Esperar. Tá bom. Amanhã troco de lâmina, hoje não adianta mais. Vê se não esquece. Muito que fazer, me mato, quebrar aquele galho no banco, se avaliza e depois é isto, o dinheiro anda curto com as restrições do Banco Central. Dulce começa a se preocupar outra vez. Pena. Se martiriza tanto. Nada não mulher, lhe afirmo, tenho de animá-la, Dulce, desta vamos vamos sem retorno. Ela ri, aquele riso que me nocauteou. Bumba. Bomba atônita. Amanhã troco de lâmina, ganhei umas legítimas, não é amanhã que tenho o encontro com a...vem me provocando o diabinho, não quero não, tão menina, estive com ela no colo, filha de amigo da família lá de Campos veio parar aqui como. Mas chega uma hora que o homem ou pega ou passa por fresco, e ela é boa concordo, pra lá de boa, ótima, mas porque às vezes ando tão cansado de tudo, me larguem às vezes dá vontade de lhes dizer, hum-hum, e este risinho aí, gostosão é, não fica convencido não "seu" Sylvio, as estatísticas provam que há meia dúzia no mínimo de mulheres pra cada homem, agora elimina os que não são disto não, os que estão fora da jogada e ajudam a outra banda...então mulher abunda ah-ah. Vê só. Claro. Estás em forma ainda, porras. Não te menosprezes. A vida. Aproveita então. Mas calminha. Te cuida. Olha a hora. Olha os negócios. Olha os filhos. Olha a família. Te cuida. Logo o mundo desaba. Então te cuida pra que, me diz "seu" Sylvio? Te manda. Limpa logo este aparelhinho de merda e te manda pro banho. Te manda pra vida. Se não vais chegar atrasado naquele compromisso, tens ali, uma grande jogada. Jogada mãe. O importador. Depois o ministro.

Dulce, me vê a roupa, aquele terno cinza é, e o sabonete mulher mulher de Deus, acabou, rapidinho se não chego tarde, tenho compromissos importantes...

NA ILHA — O-BOM-DO-PAPAI

Dulce em Florianópolis. Nascera perto do velho mercado, numa construção de linhas incaracterísticas, na parte mais antiga da cidade-ilha, ilhada em vento e chuvaradas, areia e mar, sal e sol. Aquilo marcara os primeiros anos da menina-filha-única. Quase incólumes, mantinham-se por todo o bairro resquícios de um passado nada recente, perfeitamente perceptível, a tradição conservando-se viva no casario colonial, recusando-se a abandonar as ruas estreitas, espreitando das sacadas e dos janelões, tornando-se presente nos azulejos portugueses que cobriam as fachadas dos velhos prédios.

Velho o casarão dos pais, o passar do tempo notando-se nos azulejos quebrados e rachados, na hera que subia pelas paredes até o telhado. Dentro dele, sozinha, difícil e estranha Dulce se perdia, correndo pelos amplos quartos de pé direito tão alto, pelos salões atulhados de móveis sem estilo nem personalidade, refugiando-se na cozinha, encolhendo-se no cadeirão de palhinha atenta ao tic-tac dos relógios de parede que indiferentes mastigavam as horas. Saía para o quintal, deitava-se sob o copado das árvores fabricando casinhas e brincando com visitas e amizades imaginárias que passavam a existir, adquirindo uma vida própria e autônoma, sumindo e voltando, viajando, morrendo, ela as nomeava, eram-lhe muito próximas, íntimas e amigas.

Sempre brincou só. Só não. Melhor: nestas companhias que para Dulce eram reais e importantes. Com vantagem: sua gente, quando necessitasse de solidão, ela as escamoteava. Não se acertava com as crianças da vizinhança. Sadia mas chucra — assim a chamava o-bom-do-papai.

Adorava o mercado. Nos dias de feira, bem cedinho, verão ou inverno, mandava-se para ele. Circulava, incansável.

Movimento incomum, colorido, ao acre cheiro de maresia, permanente, juntavam-se mil outros odores indistintos dos gêneros em exposição ou decomposição, das pessoas suadas, dos armazéns, do próprio prédio. Gestos largos, gritos e risos, chamados e xingamentos, gestos apressados, carregadores, mulheres, animais domésticos, discussões, vendedores e compradores pechinchando, meninos e velhos pedinchando.

Meninota que era, envolvia-se naquele movimento, ficava correndo de uma barraca para outra, as pernocas compridas, os braços desengonçados, nariz vermelhusco e pingando do frio matinal ou rosto transpirando com o calorão do meio-dia, cheirando aqui uma fruta, apanhando ali uma vergamota, metendo a mão no saco de farinha-de-mandioca-de-Capoeiras, todas eram de Capoeiras onde quer que fossem feitas, nada como a farinha-das-Capoeiras-patroa, quebrando nos dentes um grão de milho ou feijão, pegando uma lasca de carne seca das Lages ou do Rio Grande, as melhores, dando uma dentada num marmelo, menina largue isso, mastigando um morango vermelho-sangue. Todos a conheciam. Saía do seu encaramujamento. Gostava da multidão. Ali era mais ela mesma. Ou não, ali ela era a outra, a ensimesmada, a chucra do pai? Entre a multidão anônima com quem convivia superficialmente não estava também só? Não era o mesmo que estar com aquela sua gente inventada? O convívio direto e o diálogo íntimo é que lhe eram difíceis.

A mãe sabia que Dulce só voltaria à hora do almoço, quando vinha, o mais certo era chegar atrasada, não aprendes menina, reclamava vendo-a afogueada, apressada, feliz, preparando-se rápido para as aulas da tarde, perdendo-as por vezes. Gostava de ver o fim da feira, aos poucos o vazio de tudo, as pessoas se retirando, os varredores, a sombra da tarde nos tabuleiros abandonados. Aquilo atingia-a fundo, uma melancolia dominava-a como se tivesse perdido algo muito de seu, muito pessoal, uma de suas amizades inventadas que morriam. Chorava. Mas gostava. Caminhava de cabeça baixa entre as sujeiras, as bancas vazias de peixe, os açougues com os ganchos pendentes. Retardatários ciscavam procurando restos.

Cedo, todo dia, o-bom-do-papai, toc-toc, saía de casa naquele seu passo de urubu-malandro. Homem bom mas que lhe dava impressão de vencido, uma inexplicável sensação de derrota. Parecia-lhe, sem que o soubesse explicar ou compreender, arrasado, sem força de vontade. Dominado pela mulher? Não! Encaminhava-se sem ânimo para o serviço que detestava: caixeiro numa loja de calçados, atendendo senhoras emproadas, baixando-se para lhes colocar os sapatos nos pés, levantando um pé de sapato dentro de uma mão ou nas mãos, rodeando-o, última novidade veja o formato, recebemos esta semana diretamente da fábrica em São Paulo, é a moda para a estação, o nariz torcido da freguesa, me traga outro, subia a escadinha, descia caixas e caixas, estes são modelos do Rio Grande, exclusividade, o patrão chamava-o, despache-a logo é uma chata não vai comprar nada, ou então, o senhor por favor atenda melhor os clientes não com esta cara fechada, deixe o mau humor em casa, o senhor sabe que o cliente sempre tem razão, o dia todo a mesma rotina para ganhar uma miséria, chegava em casa derreado, largava-se na cadeira de braços, balançando para trás e para diante, folheava jornais, ligava o rádio para saber as últimas notícias da guerra na Coréia, nunca fora político mas a guerra o atingira, recordava-se que com o final da II Grande Guerra tudo começara a desandar para ele, não bem o final, com a entrada do Brasil no conflito, ele marcado, visado, por que eu, dizia-se, por que, era brasileiro de sangue alemão como tantos outros, mas torcia pelos aliados, torcia sim, tinha até, se não se enganava, pingo de sangue judeu por parte da mãe, nada adiantara, o sobrenome alemão, o ódio, a violência tudo levando de roldão, a insânia, inocentes e culpados, depois da guerra então, enquanto outros se aproveitavam da euforia da vitória para fazer bons negócios, grandes negócios, até negociatas, ele, logo ele, logo eu porque — mas agora queria, precisava esquecer, nem ali em sua cadeira tinha paz de espírito, a mulher logo aparecia com as recriminações de sempre, lembrando-lhe a miséria de hoje com o contraponto de ontem, um ontem dela mais do que dele, a família dela conhecida na cidade, o pai ligado à política, tentara encaminhá-lo quando noivou, no casamento ganharam o casarão. Como acabara assim? Como acabaram assim? De repente tudo desabando. Sim, o fim da guerra, início tão promissor para tantos, fora o fim, significara a queda para ele. De patrão passando a empregado.

E patrão por esforço próprio. Viera do nada, família pobre de Biguaçu, primeiro em Rochadel, depois em São Miguel, depois em Biguaçu mesmo, se fazendo numa luta muito grande contra tudo e todos, trabalhando o dia todo, estudando à noite com sacrifício, logo abandonando os estudos para se dedicar ao comércio, vendendo e trocando gêneros, a princípio no varejo depois no atacado. Arribou depois da Revolução de 30, foi aí, numa ida a Florianópolis para comprar sal e sabão que conheceu a futura mulher, gente de classe superior à dele. Logo se gostaram, a oposição da família trazendo um sabor novo, maior, à paixão.

Temporona, Dulce surgira quando não mais esperavam herdeiros, ambos caminhando para a meia-idade, tendo-se já conformado com a vida comum a sós. Pouca paciência tinham para choro de crianças, fraldas sujas, mamadeiras de madrugada.

E azucrinando-lhe os ouvidos, a família da mulher, os parentes da mulher, as amizades da mulher, a própria mulher passados os primeiros tempos de casado. Todos insinuando. Tantas chances, o sogro aceitando-o como sócio naquela indústria de pesca que ia tão bem, ele na gerência, quando ia afundando socorrera-o uma e mais vezes, não soubera aproveitar nenhuma delas, pelo contrário, botara fora o que recebera de mão beijada, não aceitava entrar em...o quê mesmo? As histórias se invertiam, se complicavam. Ele gostava de comerciar, do seu negocinho que lhe bastava, do papo com os amigos. Adaptara-se logo a Florianópolis ainda que gostasse de voltar a Biguaçu, demorando-se na barbearia do Lauro, na alfaiataria do "seu"

Dedinho alfaiate-delegado, na venda do "seu" Zé Gringo tomando uma cachaça e ouvindo as histórias do preto velho Ti Adão.

Não que fosse desligado ou perdulário, nada disso. Mas não sabia se determinar — diziam. Sabia — retrucava. Só que...— interrompiam-no. Deixava-se roubar pelos empregados, pelos fornecedores e pelos fornecidos, não sabia exigir o que era dele.

Cansara-se de lutar, dos azares, da incompreensão. No fundo no fundo, concluía sem muita convicção, gostaria mesmo era de ter um servicinho burocrático que lhe bastasse para as necessidades fundamentais, um dinheirinho seguro no fim do mês. Para que mais? Que mais? Mas quando o sogro se prontificou a usar sua influencia política, indignou-se, recusou.

Voltou à casa de comércio. Melhorou. Se estabilizou. O bate-papo com os amigos, o futebol aos domingos torcendo pelo Avaí que não acertava uma, no ano que vem que nunca chegava vamos pras cabeceiras, vendo as regatas na baía sul, vamos pro campeonato sul-americano com o Aldo Luz e o Riachuelo, a rotina em casa com um almoço regado a vinho de colônia aos domingos bastando-lhe, esporádicas visitas a Biguaçu para rever parentes e amigos...

Mas a mulher não se conformava, meus pais é que estavam certos quando se recusavam a aceitar nosso casamento, tu não tens ambição nenhuma, és um tanso, sabiam que não ia dar certo, mas eu teimei, tu nunca demonstraste qualquer interesse em subir na vida, te deram tudo te abriram as portas e botaste tudo fora. Que adiantaria explicar que não lhe interessava o tipo de progresso dos pais de sua mulher, que não tinha vocação para a política, os conchavos, a luta encarniçada para conseguir uma *boca*, achava que a cada um deveria tocar o seu quinhão, dependendo, é claro, do esforço próprio, mas de um esforço que fosse ao encontro das tendências da pessoa e atendesse às suas necessidades. E não fosse a guerra, o boicote injusto, teria se sustentado. Mas o fim da guerra fora o fim dele.

Inconscientemente Dulce admirava a mãe, o ânimo forte da mãe, que não se curvava, que recriminava o pai dentro de casa mas defendia-o sempre diante dos outros, não permitindo jamais que o criticassem diante dela; Dulce afinava mais com a mãe, com seu temperamento, sua personalidade que nunca se entregava — mas amava, com um amor silencioso e participante que não sabia se manifestar, aquele pai, o-bom-do-papai. Sentia-se mais próxima dele, mais igual a ele. Explicação não tinha. Gostaria de ter coragem de lhe falar, sair com ele mais vezes de mãos dadas, atravessar a velha rua Conselheiro Mafra, passar pelos prédios do mercado e da Alfândega, descer até a Praça XV, parando antes no café da esquina para o ritual do cafezinho, ver o movimento da rua Felipe Schmidt, "principal artéria da urbe" como diziam os cronistas sociais, sentar-se sob a copada figueira. Pressentia que ele, ali, descontraído, solto, era mais ele mesmo, às vezes se animava um pouco, readquiria o antigo e perdido entusiasmo, discutia com os amigos os fatos da guerra, as conseqüências, a situação do país, a disputa eleitoral entre os partidos, o PSD, a UDN, o PTB, o PRP — tudo igual, teimava, vinho da mesma pipa com rótulo diferente, insistia no igual para irritar aquele udenista ferrenho, aquele pessedista tradicional e histórico mesmo antes da existência do PSD, aquele integralista fantasiado de perrepista, não há mudança de estrutura não, veja aqui no nosso pobre Estado o exemplo, tanto faz subir um partido como outro é só a máquina do poder que muda de mãos sem que nada mais se modifique, as mesmas oligarquias mandando, e os partidos pequenos então, fiéis da balança, só sabem se aproveitar para se deixar barganhar mais caro, se vendem, se beneficiam da situação pra cobrar mais caro.

Ela não entendia bem aquilo, ou não se esforçava por entender, mais tarde talvez é que tentara recompor, reconstituir aquelas manhãs, mas gostava de ficar ouvindo-o, o som da voz cantante, o timbre biguaçuano inconfundível, agora os amigos começavam a falar de futebol, o teu Figueirense é uma merda, e o Avaí que nem no campo dele da Bocaiúva consegue ganhar uma, pulavam para as dificuldades que o país atravessava, falavam da vida alheia. Riam-se. "Vamos, Dulce, vamos, está na hora, tua mãe vai se aborrecer." De muito longe a voz lhe chegava.

No mais fundo dela parecia existir um outro pai. Um outro que, estranhamente, era o mesmo. Mais autêntico? Quem sabe! Não. Sim. Não teria coragem de afirmá-lo. O-bom-do-papai se subdividia: era um o da meninazinha que ela fora, pai que sumira nos longes do tempo, no emaranhado da infância, ser poderoso e soberano, que lhe fazia afagos e sumia; o outro era o pai da meninota-quase-moça, esquivo, arredio, derrotado, raras vezes assemelhando-se ao antigo que ela procurava recuperar, reencontrando-o apenas sob a figueira nos papos com os amigos. Mas dentro dela, em certas ocasiões, ambos se fundiam, se interpenetravam. Como poderia Dulce se recordar do...da..., sim, de fatos mais recentes que no entanto pertenciam, tinham que pertencer, àquele primeiro pai? Seria isto possível, cabível?

Com esforço de memória revia-o, tentando ignorar o pai constrangido da foto do casamento, duro na sua fatiota, ou aquele derreado na cadeira de balanço. Procurava o pai risonho apanhado com ela num flagrante no banco do jardim, ou o outro, em casa, de braço com a mulher durante um aniversário qualquer de Dulce, ou antes ou logo depois do nascimento dela. E aquela menininha com cara de choro seria ela, seria? Inútil forçar mais a memória: um e outro pai se embaralhavam. Queria recuperar o mais distante, o de Biguaçu, aquele de fisionomia aberta, que a olhava com um olhar franco e amigo, um sorriso bom; não o mais próximo, o dos últimos tempos, liquidado.

Dulce tenta subir-lhe nas pernas, aninhar-se em seu colo. Teria seus cinco anos. Saltitava ao lado dele, queria colo, queria agrado, queria que ele se sentasse, tão alto, queria...queria o que mesmo? Uma nebulosa lhe interrompia o pensamento, se esgarçava, lembrar-se-ia mesmo daquilo ou sua imaginação de adulta-criança tecia aquele pai?

O fim da Grande Guerra, a cidade às escuras, o ribombar da vitória, a degringolada do pai, os familiares se afastando — ou não? — aí já seria o Sylvio, o avô paterno morrendo, a avó materna morrendo, quando teriam morrido os avós paternos, teriam? O antes de tudo aquilo que ela vivera, a aparição do primo, dos primos, a amizade com as primas, a escola, as amigas — tudo ruindo. Como pode recordar se só tinha cinco anos? Mas isto não é de mais adiante? Corre em imaginação, avança no tempo. Agora é meninota, o mercado, as horas perdidas no fundo do quintal sob as árvores, as escapadas para a pescaria de anzol no trapiche da Rita Maria, o fascínio dos navios que lhe pareciam imensos, as conversas com "seu" Doca, a insistência do primo tão mais velho, insistência em que, que quereria ele, com ela ou com a mãe, precisa esclarecer este ponto, melhor, esquecer este ponto, submergi-lo, o pai na loja de calçados, o pai se afundando, passando para um segundo plano, voltando ao que era no início, o esforço para se erguer do anonimato redundando em nada, o pai sumindo, a mudança para o Rio, o passado recente, o ontem e o hoje triturador. O pai sumido! Sumira antes ou depois da mudança? Antes, ora! Fisicamente sim. Mas como gente viva, como ser humano atuante, como pessoa com um lugar definido...não fora bem antes, muito antes, logo depois da derrocada? Embora fato recente, ela já mocinha, não consegue relembrar os detalhes. Não consegue ou não quer? E no entanto o pai está ali. A imaginação destrói aquele presente, recua, planta-se no passado para reconstituir com mais clareza o antes que Dulce quer ter vivido, mas não deve, não pode ter vivido.

O antes da Grande Guerra. O pai jovem. A mãe. A família da mãe. O avô materno político de prestígio. Influindo nas decisões. Agora a Grande Guerra. Instala-se ali. Quer recuar mais. Com esforço vai um pouco além. Por que não apagar o que virá depois? Enquanto outros enriqueciam com facilidade, se aproveitando do final do conflito, eles viam os problemas se acumulando, a pobreza chegar, o pai escorraçado, os credores, a falência, só escapara o casarão deixado pelos avós em nome da mãe, gravado, depois surgira o emprego de caixeiro na casa de calçado. Não, ela nunca poderia se lembrar de tudo aquilo. Não queria.

De repente o fim de tudo. Com a morte do pai, novo ciclo se inicia.

Não retornou a Florianópolis. E a imagem que lhe ficou da cidade é subdividida: ora clara, luminosa, de uma luminosidade extrema que a envolvia, que faz doer os olhos, cercada de morros, céu azul e mar azul fundindo-se; ora escura, batida por uma chuva miúda, pelo vento sul que varria as ruas. Pachorrenta sempre, rodeada de praias: na cidade as pessoas surgidas de onde quer que fosse acabavam por se encontrar na Praça XV ou na rua Felipe Schmidt.

Às vezes sente saudades; nem é bem saudade, algo indefinido que não consegue explicar, mais curiosidade de rever o velho casarão que não mais existe, levado pelo progresso, transformado em monstro de cimento e vidros. Seria mesmo do tamanho que Dulce imaginava, queria que fosse? Certa vez, folheando antigo álbum se reencontrou meninota numa foto. Apanhada de surpresa no quintal, perto de uma árvore, casa ao lado, mais ao fundo o mar. Sua decepção, profunda. O tamanho do casarão lhe aparecia mesquinho, velho e sujo, pequeno e feio, telhas quebradas, paredes rachadas, tomado pela hera que depois de ter subido pelos cantos até o telhado voltava a descer ocupando a maior parte das paredes.

Ficou olhando, tentando recuperar o passado, conciliar o que via com o que sentia, não, aquele não era nem nunca fora o seu casarão, o de sua imaginação é que era verdadeiro, onde as grandes e frondosas árvores do quintal, onde o quintal sem fim, onde as sacadas e os janelões e os azulejos?

Temia, por isso, rever também a cidade que ela já imaginava pequena. Se com o casarão ocorrera uma decepção tão funda...

Aquele mundo foi destruído bruscamente. Dois acontecimentos que se completam provocaram a ruptura.

Às quartas era o dia da grande feira no mercado. Como sempre, bem cedinho tocara-se para lá, saltitava de um canto para outro. Férias, nem se preocupara com a volta. Comera ali mesmo. Tudo foi ficando vazio. Noitezinha o tempo mudou. O resto vem confuso por mais esforço que faça para se lembrar.

Ou o esforço é justamente para não se lembrar? Mãos peludas subindo por ela, rosto hirsuto machucando-lhe a pele, bafio quente atingindo-a em plena face. Chorando, fundos soluços abalando-a, sai correndo, não, não, grita, atravessa trechos do cais Frederico Rolla, apressa a corrida, fugir, foge, pressente passos, desemboca na rua Sete, logo-logo está em casa, arfante, abre a porta, entra...

Na cozinha, os gritos, o choro da mãe. O medo domina Dulce. Não quer que o segundo acontecimento se torne tão próximo. Não pode. Mas há um mecanismo interno que juntou os dois. Os soluços cada vez mais fortes, a casa que se enche de gente, o frio, um frio que a esmaga, o sussurrar enervante, o respirar abafado, contido, o ar compungido de todos, ela querendo entrar no quarto dos pais, as pessoas forçando-a a permanecer fora — e mal entrevisto, o pai quieto, o pai estirado na cama, o pai quieto e completo na sua morte silenciosa e noturna — um retrato de sua vida quieta e silenciosa.

UM PASSEIO

Dulce bate a porta. Chama o elevador. Está inquieta. Irrita-se com a demora. Ganha a rua. Vazia, só dela. Calor abafado de início de noite, úmido e desagradável, golpeia-lhe o peito. Nem uma aragem. Sufoca. Enfileiradas, lado a lado, as palmeiras estão paradas, mortas. O calor pegajento gruda-se à pele, penetra pelos poros parecendo compactar o sangue que corre mais lerdo, que descompassa o ritmo do coração.

Ela pára. Indecisa no caminho a tomar: Praia do Flamengo ou Largo do Machado? — indaga-se. Anda. Pára. Decide-se: Largo do Machado.

As ruas vazias, os prédios vazios, a cidade é dela. Atravessa a rua Ipiranga. Atinge a praça São Salvador. Não tem nada para fazer, não pensa, não reage. Sentiu necessidade de sair. Só isto. Sufocava no apartamento, sem conseguir concentrar-se em nada. Caminhando, parando, sentando, levantando. Tentara, em vão, ligar para a mãe. Ninguém atendia, telefone dando sinal de ocupado. Quem seria a esta hora, quem poderia ser! Caminhou, voltou a insistir. Nada.

Vai caminhando. Lenta. Sem destino certo. Indecisa, não pensa mais no Largo do Machado. Posta-se numa pracinha. Vazia como o resto. Tudo vazio nos longos espaços que ela divisa para onde quer que se vire.

Um ônibus solitário passa, ela faz sinal, o ônibus pára, a porta se abre, não há ninguém, nem motorista nem passageiros. Desiste de tomá-lo.

Novamente indecisa. Dali poderia ainda seguir para a Praia do Flamengo. Atravessar o pedacinho de rua, dirigir-se ao parque, à praia, sentar-se vendo o mar. Não. Quem sabe o Largo do Machado, olhar vitrinas. Nenhuma das opções a tenta. E então, que diabo!

Está suada. O calor, neste anoitecer, é mais intenso e pesado. Rente e rijo desce, envolve-a num abraço, infiltra-se nela, o suor lhe escorre pelo rosto, chega ao pescoço, atinge os seios. Roupa grudada à pele. Abana-se com as mãos.

Avança rumo à praia. Recua. Não, não vou mais pra praia, vou...logo se distrai, o pensamento não se fixa, não chega a se realizar. E vai mesmo, sem saber ou querer, é para o Largo do Machado.

Numa ponta da praça José de Alencar pára mais uma vez. Calor mais forte. Agora atravessa a rua. Abana a cabeça. Alguma coisa terá chamado sua atenção? Não sabe. Detém-se um momento. Prossegue.

E o Sylvio, que horas vai chegar ele, será...— começa. Logo o pensamento é interrompido, engolido, cortado repentinamente por outros pensamentos que também não se fixam, relâmpagos que lhe cruzam a mente: mamãe falando com...os guris já terão chegado...Benwarda prepara...Nelinha me disse...e a Jupira...preciso voltar...vol...Tereza...aquelas pestes...cuidado...não...coitado...a bala varou o coração...os cavalos avançam..."seu" Doca me...

Logo tudo some, se dilui, envolvido por sensações indefinidas, inexplicáveis, e uma tontura, a dor de cabeça que volta, que não a larga.

Maquinalmente caminha. Atravessa a rua do Catete, dirige-se para o Largo do Machado. Pára diante de vitrines, entra-não-entra em lojas, curiosa-indiferente diante do que vê, tecidos estampados, fazendas coloridas para vestidos, roupas íntimas, conjuntinhos para meninos, brinquedos, louças, quinquilharias, gêneros alimentícios, tudo está subindo, precisa comprar sapato pro Marquinho, e a sacola pro Durvalzinho, e... e aquela voz repetitiva que não a atinge.

Irmãos, vinde ouvir a minha palavra, parai por um momento apenas, detende-vos diante da verdade, de Jesus, o Salvador.

O alto-falante chamando, a voz anasalada se espraiando. Mas ela não quer ver o alto-falante. Sem perceber pára. Terá ouvido, compreendido? A voz prossegue, agora a cantoria, melopéia lenta, monótona.

Cartazes de um cinema: qual é mesmo o filme de hoje? Concentra-se um momento. O interesse logo desaparece. Segue adiante.

Quem estaria falando com a mamãe, quem?

A imagem de um alguém que não identifica, não pode identificar porque certamente não o conhece, vai se delineando. Cria forma. Ela arquiteta, constrói peça por peça, dá vida a uma figura, uma vida interior e exterior, o vulto ali se ergue e posta. Indagativo. Some. Retorna. Some.

Compõe-se de fragmentos de personalidades conhecidas e desconhecidas, fusão de parentes e amigos, gente que ela entrevê na rua, que imagina. Agora caminha ao seu lado. Quer lhe falar, quer brigar, quer discutir, por que você vai telefonar pra minha mãe justo no momento que eu preciso dela, tanto, por quê?

Gesticula, vê que quase gritou.

No centro do Largo do Machado. Diante do chafariz. A água escorre, num ritmo continuado, igual, ininterrupto. A vida assim. Tão bom. Igual. Sem sobressaltos. A vida igual. A vida sem variações. A água escorrendo, correndo. Interessaria? Te interessa, Dulce. Não-não! Por que não? Certo que não! E daí? Sim! E então?

Vira-se numa direção e noutra, avança, recua.

E a um simples movimento mecânico aquela água não pararia de jorrar, não estancaria, como a um simples movimento a vida dela não poderia estancar...Sim. Tudo findo, tudo morto, tudo parado. Tudo. Insatisfação, ansiedade, angústia.

Ela não sabe, não quer saber. Prefere não continuar com a interrogação. Se inquieta mais. A água escorre. Límpida. Cantante. Sempre igual. Toca-a. Esperava que a água estivesse fria, que a refrescasse. Mas a água está morna. Ainda assim borrifa o rosto, o pescoço. Deixa as mãos na água, até o pulso. Tira-as. Anda. Pára. Anda. Pára.

Rodeou o Largo. Num lado a escola. No outro o cinema. A igreja bem em frente.

A noite se fechou. Nem uma aragem ainda. Calor e suor.

Senta-se num banco. Fica olhando sem ver. Mesmo vazia, a cidade pulsa, vibra. Para que, se logo tudo vai chegar ao fim? Estancar. Levanta. Novamente diante do cinema. Olha os cartazes.

E se eu entrasse...tão tarde já...os guris...a casa...só por um pouquinho...Sylvio...mamãe...ocupação. Ocupar a mente.

Pensa aos arrancos, não completa frase. Avança e recua no quer-não-quer.

O cinema. A fuga. Esquecimento. Decide-se. Atravessa a galeria. Ninguém na bilheteria, ninguém na portaria, ninguém na platéia. O frio do cinema em contraste com o calor lá fora lhe dá uma sensação gostosa. Parece lhe aliviar os sentidos, tirar-lhe um peso do corpo. Raciocina mais claramente. O escuro da sala de projeção. Bom. A integração num outro mundo. Bom. Procura um lugar, tateia. Senta. O cinema só dela.

O filme começa quando Dulce senta. Cores violentas, carregadas, contrastantes. Inação. Um filme pausado, tenso, caótico, de ação interior. Sobressalto. Uma situação, uma face, uma frase. Estática, observa a multidão que se aproxima. O rosto contraído que o espelho lhe devolve não a satisfaz. Ah-ah-ah, tu procuravas me proteger de uma maneira esquisita...Dulce se reconhece. Irrita-se. Esta trama, reflete. Repousa um pouco, dormita quem sabe, quer esquecer. Relaxa para voltar à tela. Neste meio tempo o filme pouco evoluiu. Ou não evoluiu, esperou que ela retornasse. São seqüências idênticas ou quase, um ambiente parado, cenas que se interligam, se interrompem, se completam ou colidem. As mesmas figuras. Os homens a cavalo. Armas embaladas. Cascos retinindo no calçamento. Com o pai, ela-menina tenta se refugiar na loja. Os tiros. O corpo do estudante varado de balas. Carregado pela multidão para a Cinelândia. Os gritos: assassinos. Assassinos. Ela não quer mas se reconhece, reconhece-as, cenas e figuras.

Ergue-se. Corre. Sai. O calor, mais violento, a agride. A noite a envolve. A noite com seus focos de luz. A noite violada.

Na livraria. Um livro, quem sabe. Ela arfa. As novidades. Folheia um. Detém-se na primeira frase: estática, observa a multidão que se aproxima. As mãos disparam nas páginas, vão lá na frente, voltam, fecham o livro, voltam a abri-lo. Mais adiante: o corpo do estudante é colocado nas escadarias da Câmara. Folheia com inquietação o livro, está quase no meio dele: posso saber quem deseja falar com madame Nelinha, diga que é Dulce. Fecha o volume, coloca-o no lugar, apanha outro, abre-o na primeira página: estática, observa a multidão que se aproxima. Mais adiante: o corpo do estudante é colocado nas escadarias da Câmara. Frases antes: os cavalos sobre o pai que a protege. Larga o livro num canto como se lhe queimasse as mãos, vai até o fundo da livraria, apanha numa estante outro volume empoeirado, escondido num canto. Fica com ele nas mãos, o temor a assalta, larga-o, volta a apanhá-lo. E sem pensar segunda vez abre-o na primeira página. Lê: estática, observa a multidão que se aproxima. Lê mais: os cavalos sobre o pai que a protege. Insiste: armas embaladas. Cascos retinindo no calçamento. Não é possível, não quer acreditar, folheia mais um pouco, uma palavra, uma linha, uma expressão, uma frase, um período, lê, relê: um táxi. Faz sinal. Corre. Entra. Afunda-se no assento. Respira aliviada. "Flamengo. Rua Paissandu." O táxi parte, célere, coleia. Sonolência. Mas o alívio dura pouco.

Dulce atira o livro longe, sai correndo da livraria. Arfa. Vou voltar. Os guris. Sylvio. Em casa. Vou. Tumentendes. Agora. Mamãe. Já.

Na calçada e no murinho da igreja acenderam-se dezenas, centenas de velas. O bruxolear fascina Dulce. Caminha para as luzes que se alteiam e abaixam, batidas pela aragem que começa. Um cheiro acre impregna o ambiente. Dulce se aproxima mais. Pára. Se abaixa. Toca numa vela, a chama queima-a.

Menina, em Florianópolis. Acompanha a procissão do Senhor dos Passos, a interminável fila coleia, desce do Hospital de Caridade lá no alto, atravessa ruas e praças, o panejamento roxo dirige-se para a Catedral.

A multidão é um corpo só, um rosto só, uma voz só. Até Dulce a cantoria chega intacta, intactos chegam o cheiro de incenso e de vela derretida. A multidão aumenta, novos vultos se incorporam ao vulto único durante o trajeto: e ondeia, e caminha, e pára, e as rezas se elevam para a noite que chega.

Dulce-menina segue, agarrada à saia da mãe, vela na mão. A cera da vela pinga, um pingo fervente despenca e lhe atinge um dedo. A dor, comprime os lábios, não grita, não quer chorar, caminha firme, mas as lágrimas lhe descem fartas, penetram nos lábios, ácidas. O murmúrio das vozes, o ar compungido, o acre odor que a penetra, a fumaça que se evola das velas e a impregna. Fica firme. O choro estancou. As lágrimas secaram. O tempo, passa. Agora os sinos. Parada em frente à Catedral. Os sinos — logo volta à igreja no Largo do Machado, mira as velas, as chamas que dançam enlouquecidas.

De repente dá meia-volta. Vacila. Murmura. Caminha agora. Passos apressados, cadenciados. Um, dois, um, dois, um, dois.

Outra vez a praça São Salvador. O vazio. Agora a rua Ipiranga. O vazio ainda. Chega na Paissandu. O vazio sempre. Um pouco mais é o prédio. Depois, o apartamento.

Dulce bate a porta. Chama o elevador. Está inquieta. Irrita-se com a demora. Entra no elevador. Vazio, só dela. Calor abafado de noite que avança, úmido e desagradável, golpeia-lhe o peito. Nem uma aragem. Sufoca.

III

A FUGA (IN)DESEJADA

Acabaste de falar ao telefone, Dulce. Isto, ao mesmo tempo em que te dá alívio, te esvazia. A carga que deixaste ao largo é como se te despojasses de uma parte de ti mesma. Não diria vital, mas sob certos aspectos essencial. Boa ou má pouco importa. Te empobrece, Dulce. De forma incompreensível te empobrece. Não sabes, não consegues explicar a sensação de perda que te invade, que te domina, que te inquieta ao mesmo tempo que te apazigua. Necessitas, bem sabes, destes desabafos periódicos. Sem eles não conseguirias sobreviver no chamado mundo dos normais — um rótulo como outro qualquer. Afinal, em momentos de inquirição te indagas, entre atônita e inconformada, o que é normal. Não sabes. Onde está o limite entre normalidade e anormalidade. Sabes é que vais fervendo, aos poucos chegas a um estado de ebulição que te abafa e te sufoca. Apelas, então, para tua mãe. Te agarras a ela. Doutor Castro algum te basta. Nem teus filhos. Ou teu marido. Só tua mãe. Ela te escuta. Te irrita também. Às vezes, intuis, nem há necessidade que ela te ouça verdadeiramente. Basta que te sintas ligada a ela. Monólogo a dois, pode ser. Basta que tu fales, desabafes de forma caótica até — e que tua mãe esteja do outro lado do fio. Sustentando-te, segurando-te, apoiando-te. Umbilicalmente. Mas embora imprescindível, sem que o saibas explicar, por mais estranho que te pareça, este desabafo, nem concluído, mal concluído ainda, já te deixa igualmente insatisfeita e inquieta. Alguma coisa de ti se perdeu, sumiu (para sempre?), alguma coisa de muito íntima e pessoal evaporou-se para não mais voltar. Diluiu-se sem que o percebesses. "Aquelas pestes", não por elas mas por aquilo que simbolizam, parte intrínseca de ti, estão longe, sumidas. Teu mundo está longe. O presente está longe, o passado avança célere enquanto o futuro não é. Não será. Não será — me perguntas. Quem sou eu para afirmá-lo. Busco te reconstruir, mas me foges. Muitas vezes não me aceitas. Parece-me que lutamos, cada qual querendo se afirmar sobre o outro. Mas não é nada disto, Dulce.

Tua mente, agora, num tumulto, nem chega a ser. Vazia. Memória, tempo, realidade, fantasia, imaginação, fantasmagorias, sentimentos e sensações — tudo sumiu. O que te cerca também sumiu: cadê Sylvio, cadê os guris, cadê a vida, a vida de hoje, a vida de amanhã, cadê?

Largaste o telefone. Ficas um instante parada, imóvel, mal respiras, sem olhar. Olhando sem ver, olhar vazio, mente vazia. Tua mão ainda pende, abandonada, decepada do seu centro vital, um centro que a sustinha. Melhor: uma pende, a outra se recusa, repousa no telefone. Agarra-se ao telefone. Silêncio. Expectativa. Arfas. Gemes.

Teus olhos estão presos num quadro da parede fronteira. Desenho de um homem-pássaro estranho, mal entrevisto, fantástico e fantasioso entre brumas, de cores carregadas, escuras, empastadas. A figura, pressente-se, quer alçar-se, fugir, perder-se num além que não divisas nem intuis. Ou intuis. Mas algo a gruda ao chão, alguma coisa invisível, que também não vês, que talvez nem exista, que ninguém vê. Pura imaginação do pintor. Ou do observador, que adivinha tal ânsia de fuga pela posição da figura, pelo poder de sugestão e força que dela emana, pela tensão que se observa no rosto, nos músculos retesados, pelo poder de sugestão contido na figura e mais implícito do que explícito. Sim, observa bem, tudo é mais insinuado do que revelado. Tu sentes, Dulce, tu percebes mais do que vês — quando vês — a tensão do rosto contraído, o esforço dos músculos retesados. Agora, no entanto, só teus olhos estão ali. Vendo sem ver o que já conheces de longa data. Tu sentes o quadro, tão familiar e tão íntimo, tão estranho e tão distante. Não o percebes nem o apreendes agora. Continuas longe.

Maquinalmente te afastas do telefone. Vais à cozinha. Movimentas-te do fogão para o armário, para a geladeira. O rádio está ligado no mais alto. Benwarda, no tanque, lava roupa. O som, compacto, se espraia, atravessa as paredes, domina o ambiente. O fundo musical sobe, volumoso e insistente. Um homem acabou de falar, a derradeira sílaba, distendida, ainda pende, logo se perde no ar, tragada; reboando, invade o cérebro nele pedindo guarida. O som baixa. Agora a voz da mulher. Dorida, Recrimina-o, tom acre, cortante, as palavras escorrem rápidas, sibilando. De novo a música. A ação muda. Vozes cariciosas, cúmplices.

Benwarda entra, presa ao texto que a transporta para um mundo de emoção e aventuras. Te olha com espanto. Também não te vê. O espanto não é para ti. Ela não está na tua cozinha, entre tuas louças, lavando tua roupa, ouvindo teus resmungos, preparando tua comida, na tua casa. Agora cavalga colada ao homem que fala, que a anima, que luta, que a protege. Precisam atingir aquelas colinas, refugiar-se atrás daquele renque de árvores antes que os parentes dela percebam a fuga. Vamos, vamos.

Tu abres uma panela. Olhas para dentro, fumaça e odor te atingem, lacrimejas, querem te puxar para a realidade, te penetram fundo. Com uma colher tiras um pouco do caldo, experimentas. Tudo com gestos de autômato. Vais à geladeira. Sede. Bebes. Sede inextinguível. Fechas a geladeira. Titubeias. Nem retrucas ao que Benwarda te pergunta. Também ela não sabe o que te perguntou. O capítulo da novela chega ao fim, o casal escondido entre as árvores espera até o dia seguinte. Aos poucos ela retorna à tua cozinha, àquela vida mesquinha e sem sabor da qual, um dia, próximo ou longínquo não importa, será libertada. Não demora o cavaleiro, no capítulo seguinte, a virá resgatar.

Temo por ti, Dulce. Mais do que isto: temo-te. Temo não dar a dimensão exata do que és. Muitas vezes me escapas. Como alcançar a voz submersa a que te referes? A voz submersa que está dentro de ti e que a nível de consciência não corresponde ao que sentes, ao que procuras exprimir. Ao que eu também procuro exprimir e transmitir.

Reconsidero, reelaboro. Quero te ver chegar ao Rio, sentir tuas primeiras sensações. Mas qual água por entre os dedos tu me escapas.

Quando foi, Dulce, me ajuda! Foi na crise da posse de Juscelino ou na fase da euforia desenvolvimentista? A mudança terá sido aleatória: vamos aventurar no Rio e pronto. Parentes apoiaram vocês, tua mãe e tu?

Os dados com que trabalho serão os mais significativos? O que me ocultas? Por que me hostilizas? Não entendo: parece que lutamos em campos opostos quando deveríamos estar unidos. Há tanto vives em mim.

Sais da cozinha. Páras na sala. Sentas num sofá perto da janela. Apanhas um disco. Largas. Uma revista. Folheias. As fotos. Um mundo colorido que só existe nas revistas coloridas. Um mundo bonito e bom. De otimismo. Onde a miséria é elidida. A miséria moral e física. As dores. A miséria interior e exterior. Os problemas coletivos e individuais do ser humano. Sua busca de realização. Mas não, Dulce, não é nada disso, esquece esse tom que soa artificial, bombástico. Vamos eliminá-lo.

A revista te pende do colo. Mãos inúteis, largadas. Dedos se entrecruzando buscas o quê?

O sol, morno, escorre por teu corpo, desce-te pelos seios que arfam, compassadamente, perde-se em teu ventre, atinge tuas pernas, repousa a teus pés. Gato amigo e pachorrento.

Ficas ali, assim, quanto tempo não sabes. Não é muito não. Agora, de novo, apanhas o disco. Te levantas. Colocas o disco. Música estridente te envolve, te fere os ouvidos. Te penetra. Mas não te sustenta. Suspeitas do quê? Estás inquieta: não sabes para que lado te mover. Pendes para o quarto dos guris. A música te acompanha, ondeia, coleia, os sons sobem a um grito agudo, recuam para um murmúrio. Recuas também. Vais ao banheiro. A água com que enxaguas o rosto te faz bem. Sentaste no bacio, aquela dorzinha fina, conhecida, no baixo ventre.

Te esforças por urinar. Mãos pendentes, rosto contraído, ali ficas. Te esforças.

Os passos seguintes são em direção ao quarto. Teu quarto. Aos poucos parece que vais recuperando um precário equilíbrio. Os objetos se tornam conhecidos, familiares. Adquirem consistência, uma personalidade impregnada de ti, dos teus. Te estiras na cama. Fechas os olhos. A mola ringe. Vais te recordar de alguma coisa. O quê? Te concentra, vamos. Quero ajudar-te. Vamos: me deixa te ajudar. Muito importante ou não, pouco importa. Te irritas. Afastas a irritação como se fosse uma impertinente mosca. Ela esvoaça, se afasta, volta. Levantas. Vais, outra vez, ao quarto dos teus filhos. Remexes numa coisa e noutra. Repetes palavras sem nexo.

Andas de um canto para outro. Como quem busca algo. Um vinco no rosto te esforças por adivinhar. O quê? A morte do estudante, seria? Há em ti uma espécie de bloqueio, não conseguiste te explicar com tua mãe, não consegues te explicar contigo mesma, não queres te abrir comigo, tens medo de chegar à janela e olhar a rua onde daqui a pouco o cortejo carregando o corpo passará. Invisível porém presente o morto ali está, se posta diante de ti e te acusa. Por que te acusa — queres saber. Mas logo não é o estudante, és tu, morta, cavalos relincham, escouceiam, avançam, o mar avança, o pegajento asfalto avança, "seu" Doca avança.

Abres o guarda-roupa, examinas uma camisa do mais velho (falta um botão), uma calça do menorzinho (que mancha é esta), apanhas a caixa com agulha e linha. Atenta, vais costurar o rasgão que foi feito ontem, recolocar o botão. Concentrada, preocupada. Ontem. Foi mesmo? Seria? Não tens certeza. Não sabes. Bem. Pouco importa. A agulha vai e vem, os dedos nervosos, ágeis.

Largas tudo. De novo no teu quarto. Na tua cama. A música ainda te segue. Te per-segue. Te per-seguem. Quem? Por quê? Dás com um retrato dos guris, tirado com as tias. Isso te enraivece. É como se novo ciclo recomeçasse. Não queres pensar nisso. Não agora. Te esforças e pensas então: está na hora do Sylvio chegar. Os guris. Preciso me arrumar, arrumar-me, sair dessa pasmaceira, me arrumar, ar...

Não te movimentas. Repetes arrumar, arrumar, ar...até a palavra perder todo o significado. Te deixas estar na sombra tépida e aconchegante do teu quarto, no calor morno e pegajoso, úmido e fechado. Tudo quieto, nem uma aragem; tudo escuro, nem fiapo de claridade. Dormência. Útero. Paz. Respiras levemente. Te encolhes toda. Posição fetal Tudo te chega tão de longe! O barulho da rua simples marulhar escoachante. O ruído da cozinha sumiu. A música acabou. A vida acabou. Marulho de ondas, sensação indefinida, dormitas, flutuas, entre névoas, sombras voltam a te procurar, vultos que sempre acreditavas não retornariam. O passado, uma avalanche que tudo submerge.

Te viras, te reviras, inquieta, inquieta. Procurando uma posição mais cômoda. Te sentas. Te deitas. Mãos nos joelhos, encolhida, cabeça, pernas, braços. Aaah! Assim, Encerrar...te interrompes, cabeça vazia.

Fazer um esforço: será que este ciclo vai se encerrar — te interrogas sem saber muito bem a que te referes ou se em verdade queres que se encerre. Pois já não faz parte de ti, de tua personalidade, de tua vida? Não é tu?

O tempo passou, o tempo escorreu, o tempo demorou-se pendente no quarto, na penumbra, na solidão.

Te mexe, Dulce. Está na hora dos guris chegarem. Mais um pouco e Sylvio entrará no quarto.

Temo por ti. Como reagirás diante do que virá? Não sei. Não consigo prever com certeza. Posso apenas imaginar. Problemas se acrescentarão aos que já tens. Aos que já temos: cargas que virão juntar-se a tantas outras. Temo por ti, que não podes — ou não queres — te ajudar.

Tenho que deixar-te neste março de 1968, neste março do assassinato do estudante, neste março de crises, neste março que antecede o AI-5.

Mas se te deixo, não te abandono.

Rio, março-novembro 1969
Florianópolis, abril-junho 1983

Este livro foi composto na tipologia Minion, em corpo 11,5/15,5, e impresso em papel off-white 80g/m^2, no Sistema Cameron da Divisão Gráfica da Distribuidora Record.